坦 白

[意大利] 多梅尼科·斯塔尔诺内／著

陈英　邓阳／译

上海译文出版社

目 录

第一章 …………………………………… 1
第二章 …………………………………… 139
第三章 …………………………………… 169

第一章

一

怎么说呢，关于爱情，人们谈论得很多。我虽然也爱过，但"爱情"这个词我不常用，我甚至觉得我从来没用过。我当然爱过，爱到失去理智，爱到内心麻木。我所熟悉的爱情就像喷涌的岩浆，会摧毁精致的生活，会使一切变得粗粝。爱情会泯灭理解与怜悯、理智与情理、地理与历史、健康与疾病、财富与贫穷、特例与规则，只留下一种病态扭曲的执念、无可救药的狂热：她在哪里？她不在哪里？她在想什么？她在做什么？她说了什么？她那句话真正的含义是什么？她在向我隐瞒什么？她和我在一起是不是像我那么快乐？我现在不在她跟前，她是不是一样开心？或者我不在她身边，她会不会变得虚弱？就像她不在我身边，我会变得虚弱一样？她在我身边，我会充满能量，她离开我，我的所有力量都会消失，会虚弱不堪。没有她，我是什么？我就像拥挤的街角一座停摆的钟。啊！她的声音，啊，如果我待在她身边，我们之间的距离就会拉近，从千米到米、厘米、毫米，直到零距离，直到融为一体，不分你我，我不再是我。我甚至觉得，假如没有她，没有与她在一起的欢愉，我就像从来没有存在过。她让我自豪，让我高兴,又让我消沉,让我悲伤,有时候又会点燃我,让我振作。我多么爱她啊!是的,我只爱她,无论发生什么,就算她逃避我,就算她爱上别人,就算她羞辱我,就算她剥夺我的一切,甚至失去爱她的能力,我也会爱她。人的大脑有时会很荒唐,爱一个人爱到无法再爱为止,想要去恨,却继续爱着。这就是我的体验,因此我尽可能避免使用"爱情"这个词。我不知道什么是心平气和的爱、给人宽慰的爱、让人警醒的爱、洗涤罪恶的爱和哀婉动人的爱。在我漫长的人生中,很少用到"爱情"这个词,因为它对我来说太陌生了。我用了许多其他词语来说明爱情,譬如:狂热、愤怒、忧郁、迷茫、需求、危急、渴望……无数的词汇,我从五千年的文字长河中,挑选那些能表达我心情的词,不知道会找出多少。但现在我急切地想谈谈特蕾莎,她一直拒绝被"爱情"这两个字束缚,虽然她过去和现在一样渴望爱情,还有很多其他情感。

  特蕾莎是我的学生,她思维很活跃,她当时坐在窗边的课桌前,我就已经爱上她了。然而在她高中毕业一年后,我才意识到这一点。那天秋高气爽,她给我打了电话,说要来学校楼前等我。我们边散步边聊天,她跟我讲述了她激荡的大学生活,后来忽然间她吻了我。正是从这个吻开始,我们正式交往了。我们的关系持续了大约三年,在这三年里,我们从来没真正满足过彼此的占有欲,我们争吵不断,最终都以辱骂、哭泣和折磨收场。我记得有天晚上,我们七八个朋友在一个熟人家里做客。我旁边坐着一个从阿尔勒来的法国女孩，那女孩刚到罗马几个月，不怎么会说意大利语，但她的声音实在太迷人了，整个晚上我只想听她说话。可事实上大家都在聊天，尤其是特蕾莎，她像往常一样高谈阔论，总是说一些很犀利很聪明的话。她总是想成为大家注意的焦点，就算是没意义的闲聊，她也要表现得出类拔萃。我得承认，那几个月，我已经有些受不了她的这种表现了。我经常不客气地打断她，她会狠狠瞪着我说：拜托，我正在讲话。也许那次我的话太重了，超过了她的容忍限度。我喜欢那个阿尔勒女孩，希望讨好她。结果这时特蕾莎手里拿着切面包的刀子，愤怒地对我喊道：你再打断我试试，看我不把你的舌头割了，顺带把你那玩意儿也割了。我们就这样当众争吵，旁若无人。现在回想起来，当时的感觉真是那样，无论是好是坏，我们的眼里都只有对方。的确，那时我们的熟人在场，那个阿尔勒女孩也在那里，但都无关紧要，最重要的是我和特蕾莎相互需要，又相互排斥，就好像我们毫无节制地相爱，只是为了证明我们相互厌倦。反之亦然。

当然也有快乐的时光，我们无所不谈，开玩笑。我有时候会挠她痒痒，为了让我收手，她会长长地吻我。但好景不长，后来我们亲手毁掉了这段同居生活。我们当时好像很确信，这种让我们经常闹得鸡飞狗跳的劲头，最终会使我们变得合适，然而我们并没有靠近那个目标，反而渐行渐远。凑巧的是,正是那个阿尔勒女孩的一句闲话,让我发现特蕾莎在一个知名教授面前过于亲密。那是一个干巴巴的老头子,驼背,满嘴烂牙,还有眼病,细细的手指像蜘蛛腿一样,在钢琴上乱弹,为仰慕他的女生弹奏乐曲。那次她让我深恶痛绝,回到家后,我二话不说,抓住她头发就把她拖进了浴室,我想亲手用马赛皂清洗她身体的每寸皮肤。我没有咆哮,还是像往常一样,用调侃的语气说:"我很宽容,你想做什么都行,但别找这么恶心的人!"她想摆脱我,她用脚踢我,用手挠我,扇我耳光,大喊着:"这就是你的真面目,真无耻,你太无耻了!"

那次我们吵得很凶,毫不留情面,把话都说绝了,似乎已经没有挽回的余地了。但即便是这样,后来我们还是重归于好了,我们相拥到天明,一起取笑着那个阿尔勒女孩,还有那个会弹钢琴的细胞学教授。同时我们又感到后怕:我们差一点就失去了对方。我想,正是那种恐惧,促使我们想马上寻求一种方法,让我们永远相互依赖。

特蕾莎小心翼翼地提议说:"这样吧,我给你讲一个可怕的秘密,可怕到我都不愿意讲给自己听。但你也要给我讲一个类似的秘密,就是那种一旦被别人知道,就会毁掉你一生的事情。"她面带微笑看着我,仿佛在邀请我玩一个游戏,而我觉得她内心很紧张,很快我也焦虑起来了。她才二十三岁,真有什么不可告人的秘密吗?我既诧异又担心。我三十三岁了,我真的有个秘密,一直让我非常羞耻,我一想到就会脸红。我盯着鞋尖,想让自己平静下来。我们绕了一会儿圈子,争论谁第一个坦白。

"你先来。"她用蛮横的语气说,夹杂着讥讽,她每次控制不住感情时就会这样。

"不,你先说,我得看看,你这个秘密是不是像我的一样可怕。"

"你不相信我,凭什么我要相信你?"

"因为我知道我的秘密有多难以启齿,我觉得你不可能有这样的秘密。"

我们这样争执了一会儿,最后她气呼呼地妥协了。我觉得,她生气主要是因为我不相信她能做出什么不可告人的事。她坦白自己的秘密时,我一直没插嘴,最后她讲完了,我也找不到一句话来评价。

"怎么样?"

"太糟糕了。"

"我早就跟你说过了,现在轮到你了。如果你随便讲一件事敷衍我的话,我就马上走人,你会再也见不到我。"

我说了我的秘密,一开始讲得支离破碎,后来越来越详细,我还想继续说下去,她打断了我。我长长舒了口气说:

"我把没人知道的事告诉你了。"

"我也一样。"

"我们现在真是抓住了对方的把柄,再也不能分开了。"

"嗯。"

"你不高兴吗?"

"我当然高兴。"

"这可是你的主意。"

"当然。"

"我爱你。"

"我也是。"

"我非常爱你。"

"我最最爱你。"

但过了几天,我们就和平分手了,没有吵架,我们带着一种前所未有的客气告诉对方:我们的关系已经结束了。

二

一开始，我松了一口气。总而言之，特蕾莎是一个桀骜不驯、性格暴躁的女孩。我无论说什么她都会反对，我的每个缺点都会引来她的冷嘲热讽。她不仅爱和我吵架，在其他人面前也一样：商店店员、邮局职员、交警、社区警察、邻居，还有我在意的朋友。她每次与别人发生冲突时，喉咙里会发出一阵阵笑声，听起来很愉悦，实际上是愤怒，她嘴里说出一连串的骂人话，像是发自肺腑的审判。有几次，我甚至为了她和别人打起来了，因为那些人忘了她是个女孩子，对她很失礼。我和她分手之后，日子一天天过去，一周周过去。那几个月，我一直觉得漂泊不定，刚分手的轻松感过去了，我开始想念她。准确地说，我感觉她打造的空间——我们曾一起生活的一居室，或者上街、看电影时我身侧的位置，每一处都变得空虚而黯淡。有个朋友曾对我说，爱上一个在每个方面都比我们有活力的女人，真是一种折磨。他说得对，尽管我不是个沉闷的人，但特蕾莎活力四射，生命力过于旺盛，简直没什么能限制她，这一点很棒，让我很想念她，时不时想要再见见她。我觉得联系一下也没什么，我刚决定要给她打个电话，这时我遇见了娜迪娅。

关于娜迪娅，我不想说得太多，她很腼腆，即使是在说"早上好"时也很克制、彬彬有礼，她和特蕾莎完全不是一个类型。我是在任职的高中认识她的，她大学学的数学，想在学术上有所建树。她那时是我的同事，教书是她毕业后的第一份工作。一开始我根本没注意到她，她远非吸引我的那种类型，似乎与这个政治、文学活动热火朝天的性解放的时代格格不入，这是我遇见特蕾莎之前，和特蕾莎在一起，还有分手后都积极参与的时代。但她身上有某种难以言表的东西，也许是那无法抑制的脸红，让我越来越喜欢她了。日子一天天过去，我开始围着她转。我大概以为自己可以帮助她克服爱脸红的习惯，教导她在言语上，甚至在行为上打破限制她的条条框框。我从没教过特蕾莎什么东西，尽管她比我小十岁，尽管她曾是我任教的那所高中的学生，她好像天生什么都会，有时这让我很痛苦。而娜迪娅生活在一个小圈子里，从不敢越雷池半步。

起先，我用客气恭敬的话和她搭讪，后来开始和她开玩笑，在课间休息时间请她喝咖啡。一来二去，我们一起喝咖啡变成一种习惯，我意识到，她比我更在意这事。后来有一天，我等了她几个小时，等她做完事儿，我想要邀请她去离学校不远的小馆子里吃饭。她拒绝了我，她说她约了别人，我那时才发现她已经订了婚，秋天就会结婚。我跟她讲了我的遭遇，我说我曾深爱过一个女人，希望和她共度一生，但事与愿违，一切都结束了，但我仍无法自拔。她很关心我的痛苦，一周过后，我又邀请了她，这次她接受了。我记得那次我们吃午饭时，我说什么她都会笑，她既紧张又愉快。我们在等第二道菜时，我把手放在桌上，离她的手只有几毫米。

"我能吻你的手心吗？"我问。我的小拇指掠过她放在白色桌布上的小拇指，旁边是盛满葡萄酒的酒杯。

"你说什么？为什么？"她说完猛然收回了手，如果我当时没有下意识扶住杯子的话，酒肯定就全洒出来了。

"因为我忽然产生了这种渴望。"我回答说。

"你应该藏在心里，傻子，不是所有想法都要说出来。"

"有些傻事儿，无论说出来还是做出来，都很美好。"

"傻事永远是傻事。"

这是很肯定的一句话，但她说得很温和：即使是责备，她也很柔和。午饭之后她想坐公交回家，我提议用我那辆破旧的雷诺R4汽车送她回去。她接受了，我们刚一上车，她在我身边坐下，我就毅然再次去拉她的手。这一次她没躲开，可能是因为这有些出乎她的意料。我轻轻把她的手腕翻转了过来，将她的手放在唇边，我没有亲她的手心，而是舔了舔。我看着她，我本以为她会很讨厌我的做法，会反抗，可她没有，她脸上浮现出一个浅笑。

"我是闹着玩儿的。"我辩解说，我忽然很不自在。

"我知道。"

"你喜欢吗?"

"喜欢。"

"但你觉得这样很傻?"

"是很傻。"

"然后呢?"

"再来一次吧。"

我又舔了一下她的手心,接着我想吻她,她拒绝了。她低声说,她不能这么做,她觉得对不起她男朋友,他们在一起六年了,很幸福。她泛泛地谈起她男朋友,他小时候就是个篮球界的可造之才,后来他在学业和运动中选择了学业。现在他已经是一位年轻的化学家了,在一家知名企业工作,薪资很丰厚。她说的最后这一点让我很不舒服,我觉得她是想强调我和她男朋友的差别:我不过只是个高中语文老师,没有权利在她面前夸夸其谈,将她引入歧途。我仍然想要吻她,但她扭过头去,拒绝了我。我感叹说:

"只是个吻而已,你又不会损失什么?"

"亲吻就是亲吻。"

"我只用舌尖碰碰你的门牙。"

"不行。"

"那就轻轻亲亲嘴唇。"

"放过我吧。"

"这种情感交流有什么坏处?"

"我不想伤害卡洛。"

卡洛就是那个出众的化学家,她爱了很多年的男人。她说她一直对卡洛忠贞不渝,不想为了我毁掉一段牢固的感情。我反驳说:

"一个吻就伤害到他了吗?他是你嘴巴和舌头的主人吗?"

"不是主人不主人的问题,这会羞辱他。假如你有女朋友,你吻别人,她不会觉得羞辱吗?"

"如果我有女朋友,如果她觉得受到了羞辱,我会马上和她分手,到底哪里羞辱了?"

她想了想,小声说:

"接吻接近于性爱。"

"也就是说,如果我们接吻了,就意味着我们上床了?"

"象征意义上是这样。"

"我觉得这样太过了。无论如何,这种象征意义的性交对任何人都没坏处。假如卡洛这么脆弱的话,不告诉他不就完了。"

"你是让我对他撒谎吗?"

"谎言是人类的救星。"

"我从不撒谎。"

"那你就告诉他,我舔了你的手心。"

"为什么?"

"因为起初我觉得没什么,但后来有了那种象征的意图。"

她的脸一下子红了,她注视着我,有些迷惑,我借此轻轻吻了她的唇。她没躲开,我用嘴巴含住她的下唇,几秒钟后舌尖就滑入她的嘴里。在试探了一下之后,我正想退出来,娜迪娅毅然将舌头伸进我嘴里,那么鲜活、柔软又热烈。她用手臂搂住我的脖子,嘴唇紧紧贴着我,舌头在口腔的每个角落纠缠。当她推开我时,她的头忽然向后撤去,就好像要躲过一个拳头。我看到了她的另一面,她脸上的线条变得柔和,目光炯炯,就好像她忽然清醒过来了,正在摆脱一种慵懒的状态。我想把她拉过来,但她拒绝了。我说:"求你了,继续吧。"她不愿意。我发动了汽车,送她回家了。

三

十分钟以后，那个吻勾起了我对她强烈的渴望，这让我也十分惊异。我曾认为我们之间只不过是一场游戏。我想和她在一起的愿望忽然变得很迫切，每天我都邀请她一起吃午饭，看电影，吃晚饭。她总是礼貌地避开我，有一天早上，下课后我在一条无人的走廊里堵住了她，向她表白说：

"我喜欢你。"

"我也是。"

"那你为什么要躲开我？"

"因为你会伤害我。"

她跟我解释说，我伤害了她，是因为她爱她未婚夫，但她对我的喜欢正在消磨她对未婚夫的爱，这让她很苦恼。听了她痛苦、漫长、结结巴巴的解释后，我告诉了她，我对她不仅仅是喜欢，我是真爱上她了。她终于答应与我一起吃晚饭，那是一家我熟悉的高级餐厅。

那时是冬天，天气很冷，还下着雨。在离餐厅几步之遥时，我把车子拐进了一个漆黑的小巷子里，熄了火。她轻声让我发动车子，我说好吧，我借机想拥抱她。她推开了我,然后笑了,她把头放在我肩上,轻声说,只想这样安静待一分钟。我们坐在各自的座椅上,我尽量平静下来,满足她的愿望。当她终于肯接受我的拥抱,我的嘴唇靠近她,吻了很久。我惊讶地发现,我竟然真的爱上她了,不愿那个吻停下来。

在不久之前,我觉得我爱的女人是特蕾莎。她个子很高,虽然很瘦,但她的肩膀很宽,臀部和胸部很丰满;她愤世嫉俗,说话很直接;她无法容忍发生在自己身上的不公,他人遭受的不公更会让她义愤填膺;她认为性事是一种失控的尽情欢乐,没什么大不了的。然而现在我爱上了娜迪娅,她身材娇小,举止克制有礼,不会说令人不愉快的话;至于性,很明显,于她而言,让我握住她的手,手指交缠在一起,就好像是开启一件非常复杂、意义非凡的事,足以改变我们的生活。我告诉自己:冷静下来,认真想一想,你不能一下子从一种类型的女人,转到截然相反的类型,然而这都没用。娜迪娅与特蕾莎截然不同,但她莫名让我心动,我觉得她还是个孩子,担惊受怕,永远害怕受到惩罚。我很享受这个吻,我有一种前所未有的感觉,为了防止她忽然后退,为了不打断我们的吻,我克制住双手的动作,我的手只停留在厚厚的羽绒服外面。后来她双唇间轻轻吐出这样一句:"我们去吃饭吧。"我用因为激动而有些沙哑的声音说:"我们走吧。"

我们走向位于小巷尽头的餐厅。天越来越冷了,我们

到达灯火通明的餐厅入口时,我揽住了她。我尽量避免开玩笑的语气,我一本正经地说:

"我现在很兴奋。"

"你紧张吗?"

"不,我很高兴,只是那个吻搅得我心里乱乱的,你不激动吗?"

"什么意思?"

"兴奋不安,你不明白我的意思吗?"

"我可以不回答吗?"

"悄悄告诉我。"

"我才不会告诉你呢。"

"求你了。"

我俯身将耳朵放在她嘴边。她的舌头忽然伸进了我的耳朵里,我猛然向后退了一步,用食指擦了擦耳朵。她眼睛亮亮的,说:

"满意了吗?"

我们回到了车上,没有去餐厅。第二天我们在学校里碰面时,她告诉我,她把一切都向未婚夫坦白了,她不能欺骗卡洛。

"你把所有事都告诉他了?"

"是的。"

我问她是否愿意嫁给我。

四

婚礼前一周,我遇见了特蕾莎。那时我刚从学校出来,一边和三个学生聊天,一边走向我的汽车,她骑着韦士柏摩托车从街对面过来,放慢了车速喊道:"彼得罗,该死的,你居然还活着!"她全身包得严严实实,我当时没认出她来,我看了看身后,想确定那个喊"彼得罗,该死的,你居然还活着"的女人是不是在说我。她一定发现了我的反应。我和几个学生道别后,穿过街道,走到她跟前。她用一贯的嘲讽语气,装出懊恼的样子说:"你以前对我山盟海誓,说你会永远爱我,怎么这么快就把我忘啦?"我辩解说那都是因为她的风帽、围巾和外套挡着,我没看清。闲聊了几句之后,我想摆脱她。但特蕾莎说,她发现了一家新开的小吃店,他们家的西西里炸米团特别好吃。她以一贯的命令语气说:"上车吧,五分钟,吃完我就带你回来。"

我真不应该听她的话。几秒后,我就重温了那种身体接触的感觉,我嗅到从帽子里溜出的发丝散发的熟悉气息,我听见她的声音从风里传来:傻子,别只是用手扶着我的腰,我们会摔倒的。我喜欢她骑摩托载着我,我们刚恋爱时,她喜欢载着我到处走,坐在她身后的感觉很美好。有时我们没有吵架，关系亲密，我会亲吻她的脖子，头靠在她背上；作为回应，她会调整姿势，尽可能贴着我。总之，和她重逢让我很激动。爱情结束后，神奇的是，我们的友谊并没结束。那种滋生于亲密关系的友谊，可以让我们毫不尴尬、开诚布公说出心里话。我和她说起了我写的一篇随笔，一篇关于意大利学校状况的小文章，那是在我们分手后，我想换换脑子才写的。我花了很长时间向她复述了文章的内容，她打趣说："听起来可不像是一篇小随笔。"接着，我简单说了我母亲两个月前突然去世的消息，我没说几句，她反倒用一大堆真挚的话来安慰我。最后我宣布我就要结婚了，还泛泛地谈到了娜迪娅。

她看起来似乎很坦然。她告诉我，她即将去美国，她获得了威斯康星州一所大学的奖学金。她用嘲讽的语气谈起她那时的男友，他是兽医专业的学生，他问特蕾莎："要我，还是要美国？"特蕾莎毫不迟疑地回答他说："要美国。"听说我要结婚了，她挺高兴的。她说："你运气真好，像含着金汤匙出生的，终于找到了一个傻女人愿意嫁给你，她没意识到你有多危险。"最后一句话让我挺不愉快的，但我没表露出来，只是笑着嘟囔说："我现在更擅长隐藏自己了。"她也意识到自己说错了话，虽然是句玩笑话，但听起来很刺耳，她居然尝试补救——这简直是前所未有的事儿。

"但你也有很多优点，如果你把这些优良品质发挥出来，那娜迪娅可真是个幸运的女人。"

我们接着谈了一会,她要把我送回去。那时正逢堵车,她骑着摩托在车流里穿梭,而我担心膝盖撞到汽车或大巴上,就紧紧夹着她的大腿,我感觉有些安心了。我把脸贴在她背上,突然想起了我母亲去世前一天的晚上。我睡过去几秒钟。

"遇到你真开心。"我们到了汽车旁边,我向她告别。

"我也是。"

"祝你在美国玩得开心。"

"那你要向我保证,你会对娜迪娅好好的,别像折磨我那样折磨她。"

"你在说什么,我很爱你的。"

"你本可以做得更好。"

"但也可以更糟糕。"

"这一点可以肯定。我知道那些能毁了你的事,如果你在那个可怜的女孩面前表现不好……"

她用欢快的语气说出这些话,那一瞬间——漫长的一瞬间,我感觉像有一根针扎了一下我的胃又快速拔出来。我用同样欢快的语气回答说:

"我也知道你的那些事。我建议你好自为之。"

我们本想亲吻彼此的脸颊,但最后一刻却改变了主意,我们轻轻吻了吻对方的嘴唇。我笑着重复说:

"你好自为之。"

五

那次相遇,有点儿搅乱了我作为单身汉的最后几天。之前我还没发觉,自己生命的一个阶段即将结束。现在我开始不安地想,我作为一个即将结婚的男人,一个丈夫,我暗地里回味之前的激情时光,想着那个爱我却又给我带来痛苦的女人,这对现在这个爱我并给我带来幸福的女人是一种伤害。然而,如果说我感到内疚是因为我还想着特蕾莎,那就太夸张了。事实上,这一切都是因为每当我想到她时,总会想起我童年时的一段困扰,其实无关爱情。

大约在七八岁时,我经常有从窗户跳下去的念头。那时我家住在四楼,前面是整片田野,有果树、草木、鸟儿、猫狗,也有鸡舍。我把自己关在浴室里,把身子伸出窄窄的窗台,在我最有决心时,我会坐在窗台上,双腿悬空,抬头望着天空,有时天很蓝,有时很灰暗,有时是风吹散白云,脚下是铺了沥青的马路和通往田野的崎岖小径。我十有八九是个不快乐的孩子,我当时确实很不幸福,但我从来没有过自杀的念头。相反,我确信如果我跳下去,肯定会平安无事,不但毫发未伤,还会体会到极大的快乐。然而,尽管我在脑袋里设想过无数次,最后还是从未付诸于行动。我一直僵持在那里,我觉得这是因为一种很矛盾的心理:在我脑子里,我一边确信自己跳下去不会受任何伤;同时我也确信,假如浴室门突然打开,有人会开玩笑地将我从窗台上推下去,那么魔法也会消失,我不再刀枪不入,我掉下去会摔死。我无法摆脱这种矛盾,想要纵身一跃、安然落地的动力也消失了。我放弃了,就像我以前放弃了翻跟头一样,那时我会抓住庭院里的一根单杠,在空中翻转。然而有一次,一位小伙伴出其不意地拍了一下我的后颈,让我失去控制,额头摔在了地上。

这几天,我总是把小时候的这件事,还有成年后与特蕾莎的交往联系在一起。也许当她骑着韦士柏摩托车离开,我在口袋里摸索雷诺 R4 的钥匙时,我就把两件事情联系在一起了。几个小时后,特蕾莎的影子黯淡下去了,但关于窗台、田野、脚下空荡荡的回忆却没有消散,那就像一首小调一样萦绕在我的脑海里,挥之不去。在临近婚礼时,我突然有一个顾虑,这个顾虑无缘无故从童年的记忆中浮现出来:如果特蕾莎还是像之前那样,只是为了满足自己的愉悦感让我承担责任,她心血来潮找到娜迪娅,并把我的秘密告诉她,那怎么办呢?

从那一刻起,我开始感到痛苦,一整天都很焦虑,接着夜晚也失眠了。早上为了让自己平静下来,我决定给我前女友打电话,以最严肃的态度提醒她,我们之前有约在先:永远不要告诉任何人我们的秘密。我拨通了她的电话,那是我以前存的号码，但发现那已经变成了空号。我没打通电话，真是幸运，我舒了一口气。我知道，如果我对特蕾莎说了我的想法，她一定会竭尽全力增加我的焦虑，如果我出于报复，用她的秘密来威胁她，那么她会更得逞。她会说："我本来没打算让你丢脸，但既然你这么说，我一定会把你的事说出去！"我不再想这件事，我去结婚了。娜迪娅想要在教堂里举办婚礼，我却想在民政局结婚，但我爱她，我愿意为她做任何事。在婚礼过程中，我半戏谑半严肃地想，特蕾莎一定会不失时机地出现，她会大喊："等一下，我反对这桩婚姻，我必须说明一些事情！"当然，这没有发生，在愉快的气氛中，我和娜迪娅顺利结为了夫妇。

六

婚后头几年,我们方方面面都很幸福。我们俩在罗马郊区的同一所高中教书。我们在蒙特萨克罗小镇上租了一套很漂亮的公寓,租金很便宜,简直不值一提,因为这套公寓是娜迪娅一个阿布鲁佐亲戚家的。娜迪娅是普拉托拉-佩利尼亚人,她亲戚很多,是个大家族。我们精心布置了公寓,但说"我们"有点夸张,其实大部分是我妻子在收拾。我只是选了一间冷冰冰的小房间做书房,我把一些书籍、照片和装满资料的文件夹放了进去。

那是一栋让人心情愉悦的房子,早晨房间光线充沛,我们很快习惯了那儿的生活。房子位于一座花园中间,总能闻到令人陶醉的香气。四处总是散发着泥土的清香,有时能闻到草莓、蘑菇和树脂的气息。从阳台上可以看到其他花园,还有一栋五十年代的建筑,无论是阴天还是晴空万里,它的轮廓都像一头巨大而宁静的野兽。有些早晨,蓝色天空下的薄雾还未散去,落叶松也消失不见了,一切似乎都奇迹般地静止了,就好像几步之外并没有拥挤的车流开向环城路。

娜迪娅在那不勒斯读大学,在那里一直生活到毕业,她对那座城市有些好感,但并不是爱。她爱的是她家乡佩利尼亚山谷中的一草一木,她称赞那儿的空气质量——那是她童年时的空气,就像是在称赞她的母亲。她母亲是一位开朗的小学老师,跟成人说话总像是在对小孩子说话。我们后来住进蒙特萨克罗镇的那栋房子里,不仅仅是因为租金低,还因为那是亲戚的房子,这让娜迪娅很有安全感。这儿有很多绿化,是这座沉重的城市能让人放松的地方。

我必须承认,我慢慢适应了这宁静的婚姻生活;不过,我一直不怎么喜欢田园生活。我还单身时,在复活节、圣诞节假期,甚至在周末或一整天都没课的日子,我都迫不及待地想要回我的家乡——那不勒斯的瓦斯托区,那里有我的亲戚朋友,还有童年和青春期的回忆。我也很乐意留在罗马的圣洛伦佐区,那里有我和特蕾莎一起生活的一居室,是我们一起学习、讨论政治和世界现状的地方,我们在那里喝酒,打扑克,经历轰轰烈烈的爱情。但并不是说我不喜欢这套郊外的房子,我在这儿也很好,只是我打发空闲时间的方式与娜迪娅实在不同。她喜欢待在家里学习,或在附近安静的小路上散步,她喜欢逛罗马城的大公园,比如托洛尼亚、鲍格才和阿达别墅公园。或者对她来说,更理想的是开车在她熟悉的阿布鲁佐郊游,与普拉托拉的亲戚共度周末,尤其是看看她父亲。他父亲是一个沉默寡言的理科老师,曾担任过多年的校长。这么说吧,一开始我十分怀念我的单身生活,但后来,我妻子喜欢的我也开始喜欢，我逐渐觉得她消闲的方式也很好。

当然了，娜迪娅很快就察觉到了我婚后的不适。当她听到我和几年前经常来往的朋友打电话，就说："出去玩吧，他们是你要好的朋友，如果你晚上和他们一起出去玩一下，我会很高兴，或者你邀请他们来家里玩吧。我也想认识认识他们，我们的房子也够大，还可以搞聚会。"但我总是说："不，我更愿意跟你在一起。"这也是事实，我喜欢和她在一起厮磨，有一句没一句地聊天。我希望听她说话，她会试图向我解释她写的论文，还有她在一位老教授的鼓励下正在开展的工作。她是那位老教授的得意门生。不过我得承认，对于她钻研的代数曲面，我真是一窍不通。我告诉她，我就是个小文人，脑子里只有拉丁语的格，比如主格"rose"，所有格"rosae"，与格"rosae"，宾格"rosam"。我向她坦言，我为此感到羞愧。我说："娜迪娅，我多么希望能拥有像伽利略那样的头脑，有文采，也能思考天体。"不过我答应她，我会尽力去了解她的研究领域。我把她抱在怀里，低声说："我想了解关于你的一切，所有一切。"我会亲吻她，抱着她，有种想要亲吻她每寸肌肤的冲动，她不停挣扎，笑个不停。实际上她很快就会受不了，双脚乱蹬，我会按着她，威胁她说："让我看看这是什么，别笑了，你要是这么激动，我会弄疼你的。"这时，我用妖怪般嘶哑的声音叫她"小野兰，山上的小野兰"。这是佩利尼亚山谷里一种有名的兰花，是我对她激情的呼唤，代表了无休止的渴望和刚结束就想重新开始的性事。

就在这个阶段，我之前写的一篇很短的文章在一份关于学校教育的季刊上发表了。我从来没什么抱负，我教书的工作、充实的阅读，以及拥有别人的关注和情感，这些就足够了。我和特蕾莎分手之后，为了填补她留下的空白，我写了几页和学校教育相关的文字，搁置了一段时间后，我把它拿给一个朋友看了，他是学校教育方面的专家。有几个月，我和这位朋友既没有见面，也没通话。直到一天早上，一个有些争强好胜的女同事打了我在学校的电话，那个人是以前我为了获得教师资格证，在一个很无聊的培训课程上认识的。她对我说：

"你在干什么啊？"

"我不知道啊，怎么了？你说说。"

"你写文章说，我们现在的学校，只是为了那些不需要它的人服务。"

"我？不是吧！"

"别说谎了！这白纸黑字，就在我眼前摆着呢！不仅我一个人很生气，所有人都很生气！我们要写一封信给杂志社，告诉他们，这么严肃的杂志，不应该刊登如此肤浅的文章！"

"你理解错了，我只是泛泛而谈，不是影射像你这样的老师。"

我的文章刊登后，读者的反应，始于那通令人难过的电话，以至于我没买那本杂志，也尽量避免与娜迪娅谈论此事，我很快就忘了那篇文章和那通电话。然而我买了后面一期的杂志，因为我那个朋友突然找到我，兴高采烈地说，在这一期我会看到一个惊喜，但他却没明确说是什么。我发现编辑部发表了那封批判信，它并不很激烈，语气倒是很温和，而且评论很有见地。但真正让人惊喜的是，这封信被插入到一个篇幅更长的评论中，文章的署名是著名教育学家斯特凡诺·依特洛。他赞美了我的文章，充满了溢美之词，甚至让我觉得有点夸张了。

我在厨房给娜迪娅读那两篇文章，我记得，当时外面很冷，狂风刮在小镇的房子上，发出令人惊恐的声音。她问我：

"为什么你从来没跟我讲过？"

"什么？"

"你的文章。"

"我写这篇文章时，我们还没在一起。"

"但后来我们结婚了，你也从来没跟我说过。"

"因为我觉得这不重要。你研究的都是严肃的问题，我写的都是些破玩意。"

"她和你在一起时读过吗？"

"谁？"

"在我之前和你在一起的女人。"

"特蕾莎？没有，我们早就分手了。"

"我把我的所有想法和灵感都告诉你，但你却什么都不说。"

"那我现在马上去拿那篇文章，大声读给你听，你会发现根本不值一读。"

这次，她的回答与往常我们的相敬如宾不同，听起来很刺耳：

"如果不值一读，那就不要浪费我的时间了。"

几天后，我才明白她为什么那么敏感。那天早上，她去医院做尿检，检查她是否怀孕，她没有告诉我。在那个年代，像娜迪娅这样的女人会对身体的某些反应感到尴尬。（特蕾莎不同，她每次只要生理期不准，就会对我说：你确定没跟我开玩笑吧？）一天下午，当我开完一场很无聊的学校会议回到家时，发现她很高兴。她真的怀孕了，她不再在意我没告诉她那篇文章的事儿。

七

　　时间飞逝，怀胎九月一转眼就过去了。我妻子并不在意怀孕期间的反胃，连呕吐时都小心克制；面对分娩的阵痛，她咬紧牙关，忍住了痛苦。分娩后才短短几天，她就下床了，假装自己不仅没受苦，也没什么后遗症，她甚至在自己面前也假装。因此，我怀抱着我们的第一个女儿——爱玛，一个身体还有些发青的小宠儿，就好像她不是遵从生理规律从娜迪娅的身体里生出来的，而是像传说中那样美好，是鹳鸟轻柔地送到我们身边的。

　　我感到无比骄傲。我那时不到四十岁，我很爱我的工作，很爱我的妻子。我们婚姻美满，怀里抱着我们爱情的完美结晶——一个活泼的女婴，而我也为此做出了贡献。还有，几个月来，因为我写的那篇文章，时不时有人邀请我去做一些关于学校教育的讲座。不仅如此，在爱玛刚满六个月那天，我接到了一个电话，是一家很有名的出版社打来的。打电话的那个女人声音很坚定，可能是一位很高效的秘书，一点时间都不想浪费。

　　"我叫蒂尔德·帕西尼，依特洛教授想跟您通话，我可以把电话给他吗？"

我惊异万分，感觉胸口蓦地燃起一团火焰，就像清晨打开天然气，用摩卡壶煮咖啡时，发现睡衣烧着了。依特洛教授是那个对我的文章大加赞赏的教育家，一听到他的名字，我没能控制住自己，喉咙里不自觉地发出一声激动的、有点不雅的"哇嗷"。蒂尔德问：

"不好意思，我没听明白。您现在是有事吗？"

"不不，我现在可以和他通话，谢谢您。"

依特洛问了我几个问题，是关于我在哪里教书，教什么，工作多长时间了。然后他向我提议，让我把这篇文章扩充一下，写成一本小书，通过他主编的一个丛书出版。

"一百页。"他说。

"这不可能，太多了，我永远也写不出一百页。"

"最后您会发现，一下子写了三百页，又不得不删减。"

"我能考虑一下吗？"

"您考虑多久都行。"

这次我马上和娜迪娅说了，她一开始很开心，睁着疲倦的眼睛说了两遍"真棒"。但几分钟后她就担心起来，变得很焦虑。

"我们怎么办？"

"什么怎么办？"

"爱玛怎么办呢？我可不能总让我妈或我姐过来帮忙。"

"我会在晚上她睡觉时工作。"

"你要经常出门吗？"

"我觉得不会。"

"因为我要去那不勒斯,否则在大学那边,我会有麻烦的。"

"当然了。"

我给蒂尔德·帕西尼打电话,说我同意了。两个星期后,合同就寄了过来,要我签字。要是我一个人做决定,可能会很快签好字寄回编辑部,但娜迪娅想好好检查一下。她把这份合同翻来覆去,读了又读,在条款里寻找所有可能会威胁到我们,进而威胁到我们女儿生活的蛛丝马迹,然而她只发现,客观上来说,预付稿酬少得有点可怜。我很感激她对我的关心,我吻了吻她,说我写这本书不过是想消遣一下,就当是练习书法。最后,她终于同意我签字了,她好像珀涅罗珀,明知道没什么用处,还是要劝告丈夫奥德修斯,让他用蜡封住耳朵,免受塞壬的歌声诱惑,叮嘱他心里要想着儿子忒勒马科斯的未来。

没多久,我就把那本书写完了,写了将近八十页。写书的过程中,很难兼顾所有人的需求,爱玛需要照顾,娜迪娅得去那不勒斯和她老师见面,我得去图书馆查资料。不过娜迪娅的母亲帮了我们很多忙,娜迪娅也比以往做了更多牺牲,我很准时地交稿了。

我亲自把书稿带到了出版社,在那里,我认识了蒂尔德。她四十来岁,脸蛋很秀气,看起来很聪明,她是那种骨架很小的女人,金色的短发下是一双杏眼,天蓝色的羊毛衫领口，露出花茎一般纤长笔直的脖颈。我也见到了依特洛，他不到六十，身材瘦小，眼神很机警，好像很害怕他走过的每道长廊或每道打开的门后，会突然冒出伏击者。我跟他们俩一同去万神庙旁一家很不错的餐厅吃饭，他们都待我很和善。一个星期之内，他们的友善转变成热情，蒂尔德在电话里高兴地告诉我：有个好消息，我在电话里就不和您多说了，明天下午四点，我们在出版社等着您。

我早到了差不多一个小时，在出版社周围逛了逛，心里有点兴奋不安，夹杂着期待的喜悦。依特洛一见到我，就用非常严肃的语气告诉我，那本书完全超乎他的期待，我真的做得不错。蒂尔德——这时我发现她不是一位秘书，而是编辑，她的语气要克制一些。她说：

"您人很诚实，诚实又单纯，这两种品质很珍贵，让您可以成为一个自由的男人。"

"谢谢。"

"这本书我们还得加工一下，不是什么大问题，书已经有了。"

"好的，我听您吩咐。"

我们一起工作了两个多月。我每周要去出版社两次，这打乱了娜迪娅做好的计划，但我也是迫不得已。蒂尔德检查了我写的每句话，每条引用，甚至鲜有的几个数字，她也一一核对了。她找到了不少论证方面的问题，一些文献目录的错误,甚至还有一个很严重的拼写错误。我和她熟稔起来,她很能干,也很幽默。我们发现,我们有不少共同的朋友,年龄都在三四十岁左右,同样在为更好的世界而奋斗,这样才能有更好的学校教育。结果我发现,我以前还和她丈夫有过交集。他还记得我,但我不记得他了,我只能假装记得。

"你经常发出那种声音吗?"有一次她问我。我们工作中间休息,正在出版社光秃秃的走廊里喝着咖啡,那时我们已经是朋友了。

"什么声音?"

她发出了一种很滑稽的声音,她本来是一个举止得体、性情淡漠的女人,但有几秒钟,她像变了个人,像一个可爱的女孩在做鬼脸。

"哇噢!"

"不,我只在当时那种情况下,才发出了这种声音。"

"拜托了,你再来一次。"

"哇噢!"

她轻轻拍了拍我。

"没错,你的确是个很正派的人。"

就在这时,依特洛来了,他加入了我们的谈话。他用那种高级知识分子特有的高雅语气问我:

"您结婚了吗?"

"结了。"

"您妻子是做什么的?"

"她也在我们学校教书,我们就是在那儿认识的。她很厉害,也在那不勒斯的数学系兼职做研究。"

"不错,我们也让她写本书吧,您跟她说说。"

"对啊!"蒂尔德说,"写本关于理科教学的书,跟你的书一个系列。"

"我们的女儿还不到一岁呢,得花很多时间照顾她。"

"那我们就委托您女儿也写一本。"依特洛开玩笑说。

八

我记得,我从小到大一直都不喜欢自己。但那天下午,当我乘公共汽车返回蒙特萨克罗镇,我开始想:我与特蕾莎分手,写了一篇文章来填补分手后的痛苦时光,后来这篇文章竟然获得了成功。我与娜迪娅结婚,爱玛出生,现在写的那本书,得到像依特洛这样受人尊敬的学者的赏识,还有像蒂尔德这么能干的女人的热情接纳,所有这一切都使我变得更好。不过,我列举的这些事情中,有些东西让我很不自在。公交车在瓢泼大雨中穿过诺曼塔纳街,烟雨蒙蒙之中,大雨冲刷着街道两旁被雾霾熏得黑乎乎的法国梧桐。这时我意识到,我把和特蕾莎分手的事,也归为我最近生活的转机,我觉得这样很不好。我们之间无论好坏,现在已经成了灰烬,事情过去了那么久,现在想起来,一切都风淡云轻,可以忍受。现在我们已经很久没有互相折磨了,当时在一起缠绵的时光,现在回想起来也很充实,充满激情。我撑着伞,艰难地上坡走回家时,顶着风,担心夹杂着雨水的大风会把我的伞掀翻。这时我想,语言多么容易改变事物的状态啊。"不知道她在哪儿,在干什么。我要找到她,写信给她,告诉她那本书的好消息,这是我生命的转折。"

但我一进屋就把特蕾莎抛在脑后了。我看到家里乱糟糟的,爱玛在哭,娜迪娅很焦虑。我赶紧去安慰妻子,想逗她笑。同时又安抚爱玛,她妈妈喂她吃辅食,她没吃,我就开玩笑,扮着鬼脸喂她吃。我们终于吃了晚饭,我一边洗碗,一边和坐在儿童椅上咿咿呀呀的女儿讲话。我想哄她睡觉,虽然和我在一起她总是抗拒睡觉,因为我喜欢逗她玩儿,她会一直玩儿,久久不睡。哄完孩子,我去看娜迪娅,她闷闷不乐地在学习。我告诉她下午在出版社的事,说那本书应该很快就会出版了。我亲吻她的脖子,低声说:

"我们去睡觉吧,小野兰。"

"你去睡吧,我有工作要做。如果你继续讲你的那些事,我就得熬夜了。"

"你就不能明天再做?和我抱一会儿,好吗?"

"再拖到明天,那我就别工作了。"

我意识到她快要哭了,就赶紧说:

"那本书真的已经做完了,从现在起,我照顾家里的事儿。"

"说得好听。"

"你知道我会说到做到。我想介绍依特洛和蒂尔德·帕西尼给你认识,他们都是很棒的人。"

她眼含泪光。

"他们是情人吗?"

"你说什么呢?依特洛有家室,还有四个孩子。而且蒂尔德也已经结婚了,她丈夫人很好,我在大学里就认识了。他们有两个孩子:一个十二岁,一个八岁。"

"我们请他们吃饭吧。"

"好,蒂尔德和依特洛我都想邀请。依特洛还打算让你也写一本书,和我那本类似,是关于理科教学的。"

我本来觉得这个提议会让她高兴,但事与愿违,娜迪娅突然又低沉下来,眼睛里已没有了泪水。她说:

"多年来,我一直都在做一项研究,它决定着我在大学里的前途,你知道吗?"

我点点头,没有回答。我让她继续工作,自己去睡觉了。

九

第二天，我打电话给特蕾莎的一个朋友，那是特蕾莎的室友，在搬来圣洛伦佐区的一居室和我同居之前，特蕾莎曾和她一起住。她告诉我，特蕾莎像之前一样，总是做出惊人之举，她从威斯康星州跳到了麻省理工学院，现在住在波士顿。她不知道特蕾莎什么时候换的城市，也不知道她的生活为什么忽然有了这样的转机。她说："当然了，特蕾莎一直都很出色，现在她的工作很重要。她确实很厉害，我在一本美国权威学术期刊上看到了她的名字，特蕾莎现在是全世界科研领域的后起之秀。"

这些消息没让我觉得高兴，反而使我很不安。我打电话想打听特蕾莎的消息，尤其是想知道她的地址，以便给她写信。我不假思索就打了电话，也没有寄太大希望。如果这个朋友知道特蕾莎的地址，那就好，如果不知道也就算了。但一提出这个要求我就意识到，这个朋友即使知道地址，也不会告诉我的。为了说明缘由，我说："爱情已经过去了，但友谊还在。"我漫不经心地说，我想给特蕾莎寄一本我即将出版的书。最后她告诉了我地址，但我感觉，她似乎很担心自己犯了一个错误。

一打完电话，我就发现自己更焦虑了，我不想给特蕾莎写信。我写信跟她说什么呢？向她提到我那篇关于教育的文章，这有什么意义？她在美国麻省理工学院，不知道在干什么了不起的事业。没准儿她已经把我彻底忘了，或许她也已经结婚了，又或许她用那种很潇洒的方式，不做任何承诺，跟某个有前途的科学家同居了。尤其是，我很了解她，特蕾莎总是会变着法儿讥讽人，但她通常不会暗地里说人坏话，或说些模棱两可、欲言又止的话让别人去慢慢领会，而是当面大大方方讲出来，那些犀利的话让在场的人折服，即使是被讥讽者本人，也会觉得有意思。更何况她现在春风得意，自我膨胀，不知道她会对我说些什么。我担心她会毁掉我目前的好心情，我将写着地址的小纸条放在学校的储物柜里。我投身于实现自我，就像蒂尔德说的：一个诚实、单纯、自由自在的人，这正是我想成为的人。

但我的焦虑从没有完全消失。一天早上，我又想到和特蕾莎的朋友的那通电话。我当时是这样问的："你有她地址吗？我想给她写封信。"电话那头一阵沉默，好像她要脱口而出说出地址，但又游移不定，想信口编个谎言。对于那段很短暂、让人不安的沉默，可能有上百种解释，但我只是想到：或许特蕾莎向她说了我的坏话，让她犹豫要不要把地址给我。

我的猜测让不安转变成了忧虑，甚至是恐惧。特蕾莎有没有可能向她朋友讲了我向她坦白的事？不可能，我试着使自己平静下来，这不可能。她虽然有很多缺点，却从不说人闲话；如果她保证对一件事保密，她会说到做到。无论如何，我无法平静下来，我又找到了那个地址。现在我想给她写信，不是出于过往的感情，而是因为我觉得她遥不可及、难以控制，就像从天空落下的扫把星，会带来厄运。我希望这封信可以让我联系上她，让我可以确信她没害我的意思。我的书就快出版了，蒂尔德和依特洛认为，这本书里的文字是我的专业和人文素养的体现。如果这时传出闲言碎语，那就全毁了。我匆匆忙忙写了信，用通常调侃的口吻写了三四页，称赞她在美国取得的巨大成功之后，我提及了爱玛的出生，还有我在意大利取得的一些小成就。我又信口说：生活如何使一些人变坏，又让另一些人变好。我强调说，我们俩就属于那些变好的人——实际上，我们都在展示自己好的一面。我在结尾写道：幸好我们分手了，这是让我们继续彼此相爱的唯一方法。最后是一个拥抱。寄出这封信，就像在山间或乡间一条孤寂小径上，向陌生人致以友好问候，并期待一个同样的问候，让我们彼此安心。

从那一刻起，我如释重负。我肯定她会以通常的犀利方式回应我，比如：亲爱的，我从来就没爱过你，但鉴于你表现得不错，我现在想对你好点儿。但实际上，我希望得到更多许诺；我希望她明确说出，她会继续遵守我们的秘密协定。我心里很大程度上害怕大坝决堤,让我的秘密传出去。我希望特蕾莎对我保证:我会守口如瓶,傻瓜,你不会有危险。

十

我等了几个星期,一直没收到回信,就又担心起来,但显然这没什么可担心的,最后我也忘掉这件事儿了。特别是我很快有了其他事需要考虑,我的书在书店上架了。蒂尔德熟识报社的编辑,更别说当时大名鼎鼎的依特洛,他的名字就是质量的保证。他们俩推波助澜,在一个月内,报刊上就出现了一些书评,即使是批评,也会提到这本书的各种优点。我看到一篇篇书评,心里很激动。我感觉,不仅那些认识我的人很喜欢我,就连那些未曾谋面的评论家,似乎都把我塑造成很理想的样子——我想成为的人。无论是那些赞美我作品的人,还是那些批评我的人,都认为我是一个很严谨、很有文化素养的人,有时心灰意冷,但从不愤世嫉俗。

蒂尔德对此很高兴,简而言之,她用一种她不常用的陌生语气,郑重地(她一直都讨厌言过其实)对我说:"读者逐渐会看到你的人文素养、高尚的内心和缜密的思维。"依特洛也看了那些评论,他总结说:"我觉得读者很期待和你交流。"但一开始,他的预料并不准确。蒂尔德为我的新书筹划了一场发布会,在德布比诺大街上的"费特里内利"书店里举行。她请了一位和依特洛一样有名的教育学家、一位善辩的中学校长、一位有些无趣的教师和一位书呆子学生，他们对着四十位观众讨论了很久。观众中也有我的几个同事，他们特意过来看我，还有一些崇拜我的学生，娜迪娅和她父母，自然还有爱玛。当我结结巴巴地表述我作为作者的想法时，爱玛不断吵闹，想让我抱她。我们几个人讲了很久，以至于没时间讨论，让观众提问。观众席唯一发言的人是个矮胖的男人，他嘴唇很薄，额头很宽，占了半张脸。他说：如果这本书能取得成功，那就意味着在很长时间内，我们将无法严肃探讨学校教育问题。台上的人和听众都满脸尴尬和不适，还好那人很快就走开了。幸运的是，蒂尔德和依特洛非常喜欢娜迪娅和爱玛。他们原话不同，但基本上表达了同一个意思："你有一位这么聪明美丽的妻子，一个这么可爱的女儿，为什么一直没介绍给我们呢？"

娜迪娅似乎也很高兴认识他们，我们回到家时，她兴高采烈地跟我说起了他俩。我们躺在床上，在关灯前，因为那个薄嘴唇男人说的讽刺话，她安慰了我几句。她说："你不知道我当时有多生气，那人太讨厌了，我简直想扇他耳光！谢天谢地，那时你没有失态，你性格太好了。"她最后说："我们要好好过日子，求你，这才是最重要的。"

我同意她的说法，却睡不着了，至少有一个小时，我都想着怎么用辛辣的话来反驳那个没教养的人，同时，我徒劳地想把特蕾莎从脑子里驱赶出去。她在麻省理工,好像很欢快地朝我叫嚷:"亲爱的,那是唯一有点批判精神的人,还那么让你生气。"但第二天醒来时,我心平气和,我老老实实写了一本书,我认真教书,总的来看,我的家庭也和和美美。我抱了抱还没醒过来的娜迪娅。最近这段时间,那个暴躁的老教授一直不肯见她,我敦促她利用学校没课的日子去那不勒斯,与教授会面,让他把话说清楚,明确告诉娜迪娅到底要不要继续搞学术。我带着爱玛去上班,我把她托付给班里的一位女生,给班上的男生上课。女生们假装听着我讲课,实际上她们在和爱玛玩。放学后,为了保存那些书评剪报,我买了个影集。下午,我一边和爱玛玩儿,一边将书评放在影集的透明塑料纸下。我把出版社送的三本样书放在小书房的书架上,我觉得,这段经历已经过去了。

晚上,妻子疲惫地回到家,她垂头丧气。她对我说的那番话,差不多是我想对自己,还有刚出版的那本书说的。但她很夸张,她说:"我的学术生涯结束了,我一个月前交给教授的文章,他一页也没看。有可能他读了,他一定是读了,他明白我不是做研究的料。"我试图安慰她,我想知道教授到底跟她讲了什么,我想从中找到只言片语,好说服她,是她太夸大其词了,实际上教授很器重她。过几天,老教授没准会看到她写的方程式,或者那些我不懂的东西,一切都会好起来。

我真诚地希望事情会是这样,我希望她在学术上有所作为,但现实截然相反。我的处境越来越好,蒂尔德常给我打电话,一会儿告诉我出现了新书评,一会儿又通知我书店邀请我去做讲座,有时说某所高中想要我去座谈,有时又通知我某个研讨会邀请我去参加,总之,那本书传播开来了,有了一定的影响。我有些迷惑,也有点焦虑,我发现,我要面对那些掏钱买了我的书的人,甚至是那些想和我探讨探讨的人。

"您说,在现在的情况下,学校教育没法做好。"

"是的。"

"那学校应该关门吗?"

"那倒不是。"

"那应该怎么办?"

"问题是不平等。"

"什么意思?"

"假如您有很多天生的优势和社会特权,而我什么也没有,学校对我们一视同仁,那么学校教育要怎么做才能让我们都发挥自己最好的一面?"

刚开始,我会清清嗓子,沉默很久,或者语无伦次。我觉得很尴尬:除了在课堂上,我很少在公众面前讲话。当然,有时候我不得不在教师或学生大会上发言,因为那些年各种讨论很激烈。我承认我并不擅长演讲,但我渐渐发现,如果我说到自己的书里的内容,就能克服最初的不适,那就像在课上谈论昆体良或西塞罗。实际上,这需要抓住听众的注意力,要感受到他们在听,而且对于你说的话有反应,你要说得不仅令人信服,还得吸引人。我希望通过口头陈述,能进一步突出我写作的一些特点。如果出现一些像罗马那次的抨击者,或者一些坚决捍卫学校政策的人——这种人总是很多,他们的语气和在不久前给我打电话恐吓我的那个同事一模一样——我能用一种礼貌的嘲讽进行回击,听众很享受这一点。

在学校上完课之余,我经常四处走动,特别是去阿布鲁佐大区的一些市镇和读者交流,这得益于娜迪娅的父母和亲戚,他们几代人都是老师,要么是中小学老师,要么是大学教授。那对于我来说是个演练的时期,我不确定自己会说些什么,我想到什么就说什么。有时也会令有些听众很生气:

"因此,你反对班上的尖子生,反对那些认真学习的少数优异生?"

"没有。"

"你刚才就是这么说的。"

"我刚才说的是:学生越是一字一句记住我们上课的内容,我们就越倾向于认为他们是好学生。"

"这不好吗?"

"这当然很好。但问题在于,我们被那些跟我们相似的人迷惑了,无法承认和我们不一样的头脑。"

"我不明白。"

"我的朋友,如果我在你身上看到了我作为小资产阶级的平庸才智,给了你极高的分数,风险在于,那些与我平庸的头脑不一样的人,我可能不会给予肯定,我甚至会惩罚他们。"

通常这些对话都剑拔弩张,但随着时间流逝,我意识到有些话效果不错,我学会将它们记下来——我会再次用到这些话——我会完善它们,一有时机就会说出来。例如说,我用到的唯一一个命令句式,从我第一天教书起,我就会说:要尽量避免在学生身上重复你的老师在你身上犯下的错误!在场的人听了一般都会很激动。因此我在任何场合都很用心,会把话题向这个方面引,让这类句子能发挥最大作用。

"开始教书时,您是基于什么原则工作的呢?"

"我没什么原则。"

"您没有以任何一位您之前的老师作为榜样吗?"

"我的老师?没有,绝对没有。相反,我唯一对自己的要求就是:不要让学生遭受你曾在老师那遭受过的伤害。"

我用带着戏谑的轻快语气说出这句话,我的格言也迅速丰富了起来:我们这些当老师的,从六岁开始就被关在学校,从未获释;不要让权力指挥你们,要学会去引导权力;好的教育会让人团结,而不是拉帮结派;我们不是要教育好幸福的少数人,而是要教育好不幸的大多数;从陌生人身上学到的东西，要比从身边的朋友身上学到的多。有很多诸如此类的句子，这些话就像鲜花，忽然绽放于对大众教育的灰暗讨论中。那就像我精心打造的黄金，在学校教育的黯淡言辞中闪闪发光。邀请我的人越来越多，成倍增长，我开始四处演讲，不局限于阿布鲁佐大区和罗马省，而是去意大利四处。这些研讨会通常是激进分子团体组织的，他们有很高的政治追求，但没什么资金。因此这些活动一切从简，我只能吃三明治，住在组织会议的人家里，深夜我来到陌生的公寓睡觉，一大早就起身去坐大巴、火车或汽车回家，或直接去学校。

这些研讨会让娜迪娅很难过，也让爱玛很不适应。我要么在学校，要么在出差，我马上明白，我妻子觉得我出门并不是为了推广那本书，而是试图逃避家庭责任。她一次次感到不快，后来她又一次去了那不勒斯，很晚才回家，事情变得复杂起来。整个晚上，她一动不动地躺在床上，也不和我说话。后来的几天，她也一直没跟我说发生了什么。当她最后终于决定告诉我她的遭遇，她脸色苍白地说：

"我再也不用去大学了。"

"你每次都这么说，但事实并不是这样。"

"这次是真的。"

"为什么？"

"这是我自己的事。"

"你的事就是我的事。"

"不是的,每个人都有自己的事。我们的领域截然不同,求你别再问我了。"

十一

　　夫妻之间的关系很难真的清澈。我很爱娜迪娅,我想要帮助她,但我不想逼问她大学发生的事,以及使她彻底离开代数曲面的原因。她具有强大的自控力,一直把负面情绪抑制在大脑的某个角落里,我的问题一直轻描淡写,因为我有预感:如果她的愤怒、沮丧、厌恶或其他情绪忽然倾泻出来的话,那不是几分钟就能解决的事。我们可能会从白天说到晚上,到第二天都无法结束:争吵、讨论、头疼、哭泣,说到童年、少年、成年后的脆弱,要怎么鼓起勇气,打起精神。总之,这一切都会像滚滚波涛,把我席卷进去。我实在太忙,无法再完成答应别人的事情:教学、辩论会、旅行、反思、学习、照顾爱玛、推着童车出去散步——有时已经用不上童车了,因为我们的女儿已经学会走路了,她会跑了,也会说话了,不再咿咿呀呀。

　　在婚姻生活中,两个人要把一切都说清楚,这是本该做的,但也很奢侈,只有少数夫妻能做到。因为如果把一切说清楚的话,可能婚姻会有风险,会让我和娜迪娅都很痛苦。我当时处在一个春风得意的阶段,尤其是当我跳上一列火车,到达一座从未去过的新城市,和那些素未谋面的人交谈，之前我从来没有过这样的生活。出版社也开始大力宣传我的书，他们对各类邀请进行仔细筛选，侧重于让我参与那些影响大的活动。有时候，依特洛会陪我一起做活动，我们肩并肩面对一些很有素养的听众，他的威望和权威自然而然会传递到我和我的作品上，一般晚上我们要和那些无趣的重要人物吃饭。有时候是蒂尔德陪我参加活动，这时我必须独当一面，竭尽全力表现自己。她会用简明扼要的话作为开场白，发言时，她会用戴满戒指的手做手势——她戴着一枚简洁的婚戒，还有两枚宝石戒指——她只讲五分钟左右，就会让我发言。蒂尔德陪我做活动时，她会随身带很多行李，让我印象深刻的是：她会带上旅途中穿的优雅裙子，参加研讨会穿的正式礼服，还有为赴举办者组织的晚宴准备的晚礼服。一起吃晚饭的人和依特洛的那些名人朋友一样无聊，蒂尔德通常会点瓶好酒，我们总是商量着点不同的菜，就是为了多尝几样菜。我们聊得火热，无视和我们一起吃饭的人，在客人走了后，我们还会接着聊。我们聊什么能聊到深夜，我现在一时也说不清楚，通常都是探讨一些很高深的问题，但也经常随意闲谈。最主要的是，我们会频频大笑。我用叉子递给她一些墨鱼；她让我尝尝汤的味道，用她的勺子喂给我，好像我是个卧病在床的人。

从十七岁开始，我就知道，那些闲谈、食物和唾液的交流是为其他交流做铺垫，但在那种特定的情况下，我很肯定：我们之间是一种姐弟般的情感，如果发生任何乱伦行为，那也永远只停留在语言和隐喻层面。

除了一天早上，在佛罗伦萨的宾馆里发生的事情。在开车回罗马前，我们快吃完一顿丰盛的自助早餐，我面前还有一大块巧克力黄油蛋糕，那是我从自助台上拿的。

"要不我们分一下？"我问蒂尔德。

"不行，我快要撑死了。"

"我也是，不吃的话有点可惜，我尝一小块。"

我的叉子上沾着美味的奶酪，勺子上还残留着无花果酱。我本能地把大拇指、食指和中指伸进蛋糕里，抓起了一大块蛋糕放进嘴里。我手指间残留了一点蛋糕。味道不错，我说。我正准备吃手上的蛋糕时，蒂尔德笑着抓住了我的手腕说："我改主意了，让我也尝尝。"我伸出手，她探过身子，不仅用嘴接过了蛋糕，还含住了我的手指，她抿了抿嘴唇，有那么一瞬，我感觉她的舌头掠过我的手指。她忽然说了一句，口红沾到你手上了！我盯着手看了看，我说没有。

在过去，在认识娜迪娅，和她结婚以前，如果一大早发生这样的事，一定会让我想入非非。我会想办法把蒂尔德带到我房间，带到我刚起身的那张床上。然而此时我看到她的眼睛因为缺少睡眠而发红，脸色暗黄，鼻子上有汗水，我想她是想尽力扮演一个有趣的旅伴，八点差一刻，我们就要开车回罗马。前一个晚上，我们像往常一样，很晚才睡觉。她对我说，她很操心两个女儿，因为她们在家没人管，都得自己照顾自己。她和丈夫忙于工作，很少在一起。浪费精力很罪过，人快到四十岁，生活会变得纷乱，时间会过得很快，人会变得贪婪，想要抓住一切能抓住的东西。但她——尤其是她——因为太疲惫了，根本无法应对那种贪念，她思虑过度，有很多次——她眼睛忽然闪烁着泪光——她说她想睡上整整一年。我想，她哪还有心思做爱啊！我一不小心就可能会做错事，破坏我在她心目中的形象。我们各自回了房间，十分钟后我们带着行李到了楼下，一起出发了。开往罗马的路上，她又强调了我的纯洁。她说，我想成为你的朋友，你是一个纯洁的颠覆者，一个聪明、干净的人。我真喜欢这些定义，一直以来，我都希望人们谈论我时会说这样的话。我精疲力竭地回了家，但心满意足。

"也许你应该在爱玛身上多花点时间。"娜迪娅对我说，我记不清是我从罗马回去的当天晚上说的，还是第二天晚上。

"当然了。"

"你别再跑来跑去了。"

"我现在很红，我的书很畅销。"

"但你没必要总是答应那些邀请啊。你是教育学家吗？你是做了彻底调查的社会学家吗？你写了意大利学校教育史吗？没有。你只是写了一篇小论文。你记不记得，就连你自己都说，在杂志上发表的那几页破玩意儿，是你随便写的。你其至劝我不要花时间读。那你为什么要在这破事儿上花这么多时间，却对我们的女儿不闻不问呢？"

听到这些话，当时我就愣住了，我想到了一句揭示真相的俗话：我们爱上的人，看似真实，实际却不存在，都是我们臆想的。我眼前的这个女人那么坚决，说出那么不容置否的话，她毫不羞怯，无情地说出事实，我不认识这个女人，她不是娜迪娅。我们爱的人是一回事儿，现实中的人又是另一回事儿，我们恋爱时，永远看不到恋人真实的一面。我想，我们在恋爱上花了多少时间，在恋爱的岁月里，我兴致勃勃地创造出了一个人。我心满意足进入到自己绘制的水彩画中，与画里的人物相融。在另一个房间里，我女儿是真实的，她是我虚构的人物在一年前生的。我一想到这些，就感到深深的悲哀，我自觉是一个清醒的男人，我要看清生活的真相。娜迪娅的话充满怨毒，让我热血沸腾，我内心深处开始摇晃，就像地震了一样。有些愤怒的话在我心里沸腾，先是很压抑，然后声嘶力竭，撕裂成了一个个音节，变成粗鲁的咆哮：娜迪娅，我是个有文化的人！我读书学习，我不需要凭借任何大学的头衔来表达我的观点——你好好听着——只有我自己才能说我写的是破玩意，那是因为我谦虚，但你不能这样说。你得好好学习学习，就像你迟钝而徒劳地学习代数曲面。你应该深入研究，了解我到底写了什么。尤其是，你要带着敬意去谈论我写的书。你不要试图告诉我,我应该怎么使用我们的时间;我应该什么时候、怎么与我女儿相处;还有什么时候、怎么喂她婴儿辅食,给她安抚奶嘴、苹果碎和香蕉糊。因为我不会让任何人对我指手画脚,尤其是一个用傻里傻气的声音和我女儿说话的人。爱玛是个正常小孩,你完全可以正常和她说:你想要喝水吗?而不是傻里吧唧地说:妈妈的宝宝想要什么,想要"咕噜咕噜"吗?这没什么好处,反倒贻害无穷。这件事情我只对你说一次,如果你继续这样,我会让你滚出我的生活,就像你被数学系赶出去一样,明白吗?

我脑海里的这场独白响起时,显然有些话已经蹦了出来,可能只是支离破碎的词语。我不知道我说了什么——我希望我什么也没说——娜迪娅像往常一样哭了起来。她嘟哝着说:放开我,你弄疼我了。我害怕了,我受不了别人因我而痛苦,我马上放开了她的手臂,并向她道歉。我吻干了她的泪水,我亲昵地叫她"小野兰",使出浑身解数来安慰她。她躲开了,让我走开,但后来又扑到我怀里啜泣起来。她筋疲力尽,非常沮丧。在入睡之前,她低声说:

"你和你前任又联系了吗?"

前任?联系?

"睡吧。"我轻声对她说。

她进入梦乡,后来突然惊醒,背对着我嘟哝了一句:

"我把信放在你书桌上了。"

特蕾莎终于给我回信了。等娜迪娅睡着了,我尽量不让床嘎吱作响,起身去了书房。总算是有了她的音讯,但信上只有寥寥几个字和一个问号:你害怕了吗?

十二

我一直在追求完美,这很可能是我从来都不喜欢自己的原因。我想变得无可挑剔,但无论什么时候,总有人找理由挑刺,所以从小到大我都对自己很不满意,总是害怕被人责备。另一方面我性格活泼,有时候甚至很开朗,对世界充满好奇。我从来不会浑浑噩噩陷入沉闷,虽然我不喜欢我自己,但这并未阻止我讨别人欢喜。就这样,我习惯了一种摇摇欲坠的平衡,我既想成为一个无可挑剔的人,又不得不向那些缺憾、随之而来的非议和批评妥协。面对那些缺憾、非议和批评,我常常自嘲,付之一笑,有时只是风轻云淡地说:我是错了,但你们也别太大张旗鼓,好像这是一场悲剧。

实际上那只是表象,我从来都不会放下任何事情,包括那些本身很不重要的事。有时候,我内心有某种东西会崩溃,幸好这种情况极少。比如六年前,在学期末阅卷,给学生评分,我们辛辛苦苦评完分后,一个同事发现我有个东西抄错了,我现在也记不起来是什么了。当时他当众批评我,不留任何情面,他大声嚷嚷说,因为我的马虎,又得从头再来。确实是我错了,但我没像往常一样辩解几句,大事化小小事化了。我也像发疯了似的嚷嚷起来:"对,我是抄错了,以后我还会犯错。因为我不会操作,我他妈根本就不在乎我们现在做的事,我没法专心,我做不到!是你们把我搞崩溃了,我看着你们就烦,真希望你们一个个在这些没用的废纸里被烧死。"就在我大喊大叫时,我的声音忽然变得刺耳,变成了假声,让我十分羞愧和屈辱,我感觉眼泪涌了上来。在场的人马上压低了声音,包括那个对我毫不客气的同事。有人对我说——特别是那些充满母性光辉的女同事——没事儿,一切都可以补救,你要是累了就交给我们来做,去院子里抽支烟吧。我真的丢下他们到院子里抽烟去了。我既生他们的气,因为他们能完成各自的任务,我也生自己的气,我表现得这么格格不入。总之,我无法容忍错误,无法容忍错误带来的后果,无法容忍要自我辩白,无法容忍任何人向我展示这样一个事实:我做不到完美,永远也做不到。

跟特蕾莎分手时,我就已经很清楚,我无法去追求远大的抱负。原因很简单,我在渺小的生活里,连一些小事也做不完美,更别提在伟大的生活里做大事了。我父亲是个电工,一辈子操劳,可怜的男人,除了努力干活,他还费尽心机,想让我出人头地,能好好教训一下那些在他面前趾高气昂、羞辱他的人。他病入膏肓时说:彼得罗,你一定要让我活过来,因为我要亲眼看着,你怎么整死那些看不起我的人。那个内心充满怨毒的男人,对我充满期望,反而让我自暴自弃,故意做些低三下四的事。对于我做的那些乱七八糟的事,恐怕他早就发现了,我其实也希望他知道。快满十七岁时,我当着他的面,故意炫耀我跟他表弟的老婆上过床。我这样做是因为我父亲最受不了通奸,无论是奸夫还是淫妇,他都一样痛恨,我想让他愤怒,让他不要对我期望太高。他皱起眉头,鄙夷地瞪着我说:"我怎么生出了你这么个混账儿子?"当时我快要哭了(我没哭,我从来没哭过),我想说:爸爸,这太有可能了,你真可能生了个混账儿子。然而,现在我的处境也许会让他很高兴。我每一步都很顺利,不再胡作非为,也许我真能变得无可指责。一切正要踏上正轨,那个爱我、让我洗心革面、脱胎换体的娜迪娅,是不是又要把我拉下水去?特蕾莎不想改造我,她离开了,这让我非常痛苦,她从波士顿威胁我,她写道:你害怕了吗?这两个女人当中,我应该更担心哪一个?

我马上觉得,我可以面对我妻子,但无法对付特蕾莎。娜迪娅带着哭红了的脸睡着了,但她会慢慢恢复往日和我恩爱的样子。一个可爱的年轻女人,有时候可能会崩溃,因为她对于前途的期望幻灭了,因为做母亲太辛劳太操心了,但她永远是一个温柔、驯服的女性,对我怀有爱意。而特蕾莎早就不爱我了,她带着厌倦,像动物一样灵敏地躲开了我,就像我躲开她。特蕾莎可能会伤害我,即使只是为了显摆一下她的聪明,我要提防的是她。

但一天下午，我忽然觉得这样下去可能也不好。我在我的小书房里，手上拿着她寄给我的信，那张纸几乎一片空白。她寄信的地方我从来没去过，也许永远也不会去。我想，我对娜迪娅缺乏关注，我在她面前小心谨慎，不暴露自己，也不惹怒她，以免她真实的一面暴露出来。这是四年后我第一次——如果我没记错，也是唯一一次——怀疑自己是不是做错了。跟特蕾莎分手之前，我们不仅揭开了彼此的伪装，暴露出我们的真实面目，还让对方知道，在可能的情况下，我们会变成什么样的人。我本来不应该在那时任由我们的关系破裂。我想，跟娜迪娅在一起，我不知道要浪费多少时间来隐藏自己，在她面前伪装自己，好维持我们的关系，还有我们建立的家庭；跟特蕾莎在一起，我不需要浪费任何时间，我们知己知彼，已经到了通常无法企及的地步。所以我不用绕圈子，可以直话直说。

我开始动笔，写了一封长信，回应"你害怕了吗"那五个字。我在信里伤感地回顾了我们在一起时的重要时刻。我对她说，我会永远爱她，就像爱一个我真正欣赏的人。我反复表达了一个观念：我怎么会害怕？特蕾莎，没人比我更了解你，你有多么信任我，我就有多么信任你。我把信寄出去了，当然，我并不期待回信，我只希望她也能意识到，我们的关系是多么珍贵，多么肝胆相照。我们知道对方是什么人，不必费劲掩饰。

十三

时间流逝,我的书热度逐渐减弱,我在意大利各地的推广活动也少了起来。我并没觉得很遗憾,我又投身于教书,照顾爱玛的日常生活。但我发觉,我妻子更需要关心。我甘心回到平常的生活,没有任何怨言,这似乎让她很惊异。她很焦虑,我觉得她在监视我,好像比我更了解自己的意图。

"这个星期你没什么事吗?"

"没有,他们不找我了。"

"那星期六我们带爱玛去我爸妈家。"

"好呀。"

"你不高兴?"

"没有啊!"

"你有心事吗?"

"我觉得没有。"

有一段时间,我觉得她只关注那本书的出版和成功,没意识到我的处境有多大改善。我变成了公众人物,当然不是大人物,但多少有些权威。我自己也难以相信,我的话比以前有分量得多了,有时候会有记者打电话来,询问我关于教育问题的看法。我一直觉得蒂尔德是个精致、博学的女人,仿佛来自另一个世界、另一个阶层,而我几乎每天都可以跟她交流,一起讨论,为写新书做计划。每两个星期,依特洛就会礼貌地提醒我,我已经有一个小的读者群了,他们文化修养很高,如果让他们遗忘了我对公共教育的热情,那会是一种遗憾。

总而言之,我春风得意,我从来没对自己这么满意过。我不明白,娜迪娅的语气为什么那么焦虑多疑,有时甚至让我有些厌烦。有一次她对爱玛发脾气,我印象特别深刻,爱玛当时拿着勺子挑盘子里的菜,把全身弄得脏兮兮的,娜迪娅把盘子扔了,走出厨房时把门狠狠摔上了。我想,也许她心里不舒服。在那种情况下,我想起了她从那不勒斯回来的情景,她精疲力竭,大哭了一场,事后她埋头教书,照顾女儿,任劳任怨。我尤其意识到,从那一刻起,她再也没有抽出时间学习,或者去那不勒斯。

是不是那本书引起的反响让我太投入了?难道我现在才注意到妻子的变化?我的感觉就像自己当学生时,上课心不在焉被老师发现了。我讨厌因为走神而受到责备,我觉得,这就像警察忽然闯进家里来的感觉。因此我从不对走神的学生发火,我不会用拳头敲讲台,大喊大叫让他们专心,我会小心翼翼让他们的注意力回到课堂,回到我身上。有时候我甚至很温柔,因为走神的人一定是被什么东西吸引了。说实话,特蕾莎是我遇到的最不专心的学生,我们在一起时,有一次她很放松,对我坦白说:我开始爱上你,是因为我走神时,你把我带回无聊至极的课堂,用的方式很客气。我很严肃地回应了她对我说的话,后来她好几天都学着我当时一本正经的样子,嘲讽我说:我一直觉得,提醒别人遵守纪律,就像在他们背后狠狠推一把,我从来不会那么做。我想起这件事儿,是因为我忽然意识到,那本书的成功让我冷落了娜迪娅,我觉得这就像受到了很粗暴的推搡。可能是为我的疏忽开脱,我想:是的,我有错,但娜迪娅在我和她之间划了一条界线,她把在大学里发生的事都埋在心底;我不是没有坚持让她说出来,假如她把一切一五一十告诉我,可能就不会弄成现在这个样子了。后来一个星期天,午饭过后,我们在阳台上晒太阳,为了弥补自己的疏忽,我耐心地问她为什么不再学习,为什么不去找她的教授了。

"你终于意识到了。"

"终于?我马上就意识到了,我没说出来只是出于谨慎。你说了那是你的事情。"

"确实是我的事情。"

"你的事情,难道那么隐秘,不能告诉我吗?"

整个晚上,我们都在讨论我的事和她的事,最后我说服了她:我的事不可能不关她的事,如果她不是这样觉得,那就是不对的,对我不公平。她很窘迫,最后终于打起精神,跟我说了大学发生的事儿。上上次她去拜访教授,像往常一样,她在走廊里等了很久,走廊里虽然有大窗户,但形同虚设,她等得特别无聊。那位教授像往常一样,坐在一张结实的大书桌后面接待了她,但他一反常态,态度异常热情。娜迪娅从前无数次兴致勃勃地对我讲起过这位教授。她说这位先生脾气很坏,有时不管是男生女生,他都会很无情地挖苦,但无论如何,他风度翩翩,头脑特别聪明,偶尔甚至会夸奖人(耳环真漂亮!头发真好看!)。我就开玩笑说:哈,原来有个风度翩翩的老头向你献殷勤。她笑着反驳我:宁愿要风度翩翩的老头,也不要死板、粗鲁的小年轻。有次我跟她一起去大学,隐约看到过那位教授。我向娜迪娅描述他的样子,故意丑化他:一个顶着大肚子的胖子,干巴巴的前额,一头凌乱浓密的白发;眼珠子颜色太浅,像是胖脸上两个天蓝色的洞,鼻子很宽,嘴巴小,嘴巴被脸上的肉都要挤成一条缝了。她太崇拜那位教授了,我开玩笑说,她这么走运,遇到像我这样的帅哥,怎么可能会喜欢上一个白发老头?那天,她羞怯地进了办公室,战战兢兢的,因为老教授性格古怪,好心情维持不了多长时间。但那天老教授的热情让她很害羞,他大声说:看看这姑娘给我带来了什么好东西。娜迪娅觉得自己终于得到了认可,她拿出自己写的几页东西,那是她在忙完学校工作后,在照顾爱玛和我之余完成的。她站在书桌旁边,小声说:我没太大进步。但她很快就对自己的不自信感到后悔,马上告诉了教授自己得到的结果——我不知道是什么结果,好像还挺重要的。娜迪娅把那几页纸递过去,教授看起来很感兴趣。你过来,教授对娜迪娅说,第一次用"你"而不是"您"称呼。教授拍拍自己一条大腿,眼睛盯着娜迪娅,仿佛是在发出邀请。娜迪娅没马上明白老教授是让她坐在腿上,她有些迷惑地靠近了一点,跟教授一起看自己的文章。老头用一只胳膊环住她的腰,身子斜着,这时娜迪娅站着,教授坐着,他的上半身靠着娜迪娅,好像身体失去了平衡,需要东西支撑。这时娜迪娅忍不住笑了起来,那是一种紧张不安的笑,她躲开了教授的胳膊,一直笑着,老头也笑了起来。他对娜迪娅说:"你逃去哪儿啊?靠近点儿,别担心。"她仍然笑着,喃喃说:"不了,教授,实在不好意思,我必须得走了。"她匆匆出了门,留下老教授坐在书桌前,手里拿着那几页稿子。

我的妻子沉默了几秒钟,我以为故事到这里就结束了,忍不住骂了几句。但我很快发现,对于那个老男人无礼的做法,娜迪娅只是感到很失望。她无法相信,一位成就非凡的学者、一位著名的数学家,那么有名望的人,怎么会在自己的办公室里做出那么荒唐的事。无论如何,她忍耐下来了,那个老男人的毛病不重要,重要的是他作为权威数学家对那些满是算式的文章的看法。对娜迪娅来说,最后一次才是最糟糕的。她像往常一样等了很久,最后门终于开了,出来一个她认识的男人,是一个跟她年龄相仿的助教,他看见娜迪娅还在那里,对她笑了笑,然后又转身进了办公室。就在那一刻,所有人都清楚听到教授那带着那不勒斯口音的咆哮:天呐!那白痴还在那儿!还不死心,你负责她吧。

"就是这件事让我下定了决心,"娜迪娅喃喃地说,"如果那篇文章里真有什么重要的东西,那他一定不会在意自己做过的蠢事,因为他不是那种面对天才的成果,会把脸扭向一边的人,他会接待我,赞赏我,鼓励我。但他不仅没那样做,反而说出了那些话。我当时就明白我错了,他的关注和赞美——香水真好闻,衣服真漂亮,耳环真好看——我以为是他欣赏我,我真的很优秀,然而事实是我除了很努力,我大学满分毕业,我其实没有任何天分。"

那天晚上,还有后来几天,我竭尽全力向她证明,她在一个老色鬼身上白白浪费了时间。我说:这位先生在大学里待了一辈子,现在又老又猥琐,他对一些聪明漂亮的女人垂涎三尺,那只是下流无耻,毫无科学权威可言。我说这些也没用,她变得更沮丧了。她的教授是一位闻名世界的数学家,我不了解的事,最好不要说什么。有一次,我对她说:

"很快你就会在报纸上看到,他被逮捕了,或者某个愤怒的丈夫——比如此刻的我,用斧子砍破了他的头。"

"别说这种话。"

"用斧子砍破他的头吗?"

"我是说,不要这样谈论他:如果他有麻烦,我会第一个站出来捍卫他。"

"你说什么?"

"我说真的。"

十四

我感觉很黑暗,并不是我心情变阴郁了,而是我的目光照亮了宽宏大量的娜迪娅,自己却陷入了黑暗。这一刻很漫长,我妻子责备自己,同情那个受情欲困扰的老数学家。我大声说:那个男人应该也有妻子、儿女、孙子孙女和崇拜者,所以应该让所有人都知道,他是怎么在意大利最有前途的女数学家面前耍流氓。就在这一刻,我忽然在那位老教授身上看到了自己的影子,我想他一定很担心娜迪娅会到处讲她遭遇的骚扰。就这样,我一方面极其希望他的孙子孙女知道他们的爷爷有多可恶,另一方面心里又感到害怕、羞耻和丢人。我暗想:闭嘴吧,你在说什么,这和你对特蕾莎坦白的事比起来,真算不了什么。你想,要是她现在从美国回来,把那件事告诉娜迪娅、蒂尔德、依特洛和你的读者。她会说:你们明白彼得罗·维拉是什么人了吧,来吧,拿起你们的斧头,把他的头砍破。我内心的黑暗就是从这里来的,正当我说着话,盯着有些痛苦但宽宏大量的娜迪娅,我看到她满是光彩,却又感觉到黑暗的降临。我急忙躲进我的黑暗里,语气变得缓和,我小声说:你在帮一个毁掉你职业生涯的老色鬼说话,我觉得真是有些过了；但也许我太痛恨他了，我说用斧头砍破他的头，那也是太夸张了。

从那时起，我妻子那场糟糕的经历，逐渐成了我们可以谈笑的事情。比如要开一罐很难打开的豌豆罐头，我就会提到用斧头来开，就用砍淫棍的斧头，淫棍——我开始这样称呼那个老数学家。我们会爆发出一阵哄笑，起初我笑得很厉害，她不怎么笑，后来她会笑起来，我几乎不笑了。过了没多久，我相信最糟糕的阶段终于过去了。一个星期天下午，爱玛去了她外公外婆家，我和娜迪娅钻进被窝。她紧紧搂住我，对我耳语：你进来吧，我的那个阶段开始了。我知道那个阶段指的什么，我很高兴地听从她的指示。一个月后她怀孕了，这次怀孕她非常开心，后来赛尔乔出生了。

但娜迪娅并不满足。在怀着赛尔乔时，她开始学习英语和西班牙语，努力阅读原文小说，再也不想听到代数曲面。她跟我说话时，意大利语里夹杂着外语词汇，她开始翻来覆去，用意大利语、英语和西班牙语说怀孕的感觉有多美好。赛尔乔出生没多久，一天晚上，伴随着她有些神经质的笑声，她在我耳边说：别用避孕套了，让我再次怀孕，让我第三次怀孕。我很困惑，就问她：你是在开玩笑，还是认真的？她没开玩笑，就连佩利尼亚山谷的乡下女人，也开始冲破禁锢她们的旧生活，娜迪娅却决定让数学作业、众多孩子和我填满她的生活。就这样，我满足了她的愿望，我这样做更多是考虑到怀孕似乎能让她充满活力。我们第三个孩子叫埃尔内斯托，生下来时很胖，但很快就瘦了，病恹恹的，很爱哭。第三次怀孕过程很糟糕，分娩也很艰难，带三个小孩的生活很辛苦，以至于她连书也不看了，外语也不学了。后来她老是问我：你检查了吗？确定避孕套没有破？

十五

那些年，我在大大小小的学术期刊上发表了很多文章，在全国性的大报纸上也会发表，但数量不是很多，所有文章都大受欢迎。我的成功让自己也很惊讶，所以我开始想，既然蒂尔德、依特洛、娜迪娅，还有数量很多的读者都丝毫不惊讶，我为什么要感到惊讶？我找到了这种反应的原因，可能是因为在三十岁以前，我从来没有干过什么突出的事情，能让自己在同龄人中崭露头角。上学时，从小学一年级开始我就一直平淡无奇，在大学我也毫不起眼，没一个老师注意过我，我的毕业成绩也很平庸。我取得了好几门课程的教学资格证，我通过了一个很乏味的考试，获得了一份教职，但我的名次从来都不靠前。没错，多年来大家觉得我是个好老师，但更多是因为我知道自己懂得太少了，所以我每天勤奋学习，准时批改作业，在课堂上一直保持心情愉悦，做好充分准备。总而言之，在我的生命里，从来没有发生任何让我引以为豪的事，能减轻我对自己素来的不满。另外，虽然现在一切都好起来了，大家喜欢我的发言，这让我还算满意，但如果跟蒂尔德、依特洛、娜迪娅相比，更别说跟特蕾莎相比了，我想，跟他们比起来我算什么？一个学识浅薄的人，脑子里没什么东西，刚接受一点教育，一个没有深厚积淀的小文人，行为、思想和语气都很过激，缺乏那种书香门第、代代相传的文雅，那种气质不是天生就有的，而是后天熏陶的。蒂尔德才是真正优秀，她受过良好的教育，会说四种语言，四处游历过，她家祖祖辈辈很多文化人造就了现在的她。依特洛，多了不起的学者啊！他在谈论学校教育时，他真的知道自己在说什么。娜迪娅是中学校长和小学老师的女儿，大学数学系满分毕业，还是优秀毕业生，她是一个很聪明的女人，她真应该名正言顺进入大学教书，那是她一直渴望的。特蕾莎的脑子特别好使，我认识她时她才十六岁，她是穷人家的女儿，但从小聪明过人。她坐在教室最后面，靠着窗户，抛开她所有的缺点和桀骜不驯不谈，她一直比其他学生强一百倍，甚至可以说，所有我认识的人都不如她聪明，或许蒂尔德、依特洛和娜迪娅的头脑也比不上她，更别说我了。就这样，当这些想法在我脑子里盘旋时，我感觉，我逐渐塑造的公众形象和我心目中的自己形成了一道鸿沟。我觉得自己只是一个郊区的教师，一个勉强说得过去的父亲，一个漫不经心的丈夫，事到临头，却经常假装自己现在没有，或者从来都没有漫不经心。我开始写一本新书，我在书里说，学校一直都不是理想的样子，它的运作有很大问题，根本做不到有教无类，学校就是把一样的知识教给不一样的学生，假装他们都有一样的天资；我提出要提高教育质量，人人平等，就意味着要对一切进行调整，这不仅仅是课堂上能完成的，还要卷入家庭、社会、宗教、文化阶层、生产工具所有权，卷入所有一切。大众教育明显失败了，这会造成比核战争更无法挽回的损失。我打算这样结尾：我们应该重新审视学校教育，学校教育应该为所有人，必须是为所有人，尤其是教师提供工具，让所有人发挥自己的才华，在合适的时机醒悟过来，实现自我。

写那本书时，我要上课，照顾怀孕的娜迪娅，还要跟蒂尔德和依特洛交流，他们尽量让我不半途而废。在那段漫长的时间里，娜迪娅怀着赛尔乔，她心满意足、光彩照人，蒂尔德和依特洛经常带着各自的伴侣来我家，他们跟爱玛熟悉起来，也成了我妻子的朋友。有时候，我们会带客人在我们家附近散步，看看小花园，欣赏周围的树木，有时品尝一下泉眼里冒出来的矿泉水。他们自然心旷神怡，多好的空气啊！真清新呀！我们吃得太好了！蛋糕太美味了！但依特洛最后总会说："只要你愿意，我马上就可以想办法，把你调到市中心的一所高中。"然后他摆出绅士派头，文质彬彬地对娜迪娅说："娜迪娅，我明白，这是您亲戚的房子，但您是一个了不起的女人，您丈夫就不用说了。你们确实应该在城里找一套公寓。"

我妻子总是摇摇头。依特洛经常夸赞她聪明，她很欣慰，但当他劝说我们搬家时，会提到爱玛的未来，这让她很厌烦。依特洛说：这个聪明伶俐的小姑娘，你们就不为她考虑一下吗？她很幸福，能经常去外公外婆家，享受到美丽的阿布鲁佐，这很好，但她应该拥有更好的成长环境。依特洛不愧是依特洛，浑身散发着权威。娜迪娅没回应，但听了这话之后，她好些天都心事重重的样子。她觉得，即便她没有明说，我也知道她的想法。她有时会突然忍不住说：如果我不是出生在普拉托拉-佩利尼亚，如果我在罗马市中心长大，你觉得我现在能在大学教书吗？我反驳说：你说什么啊！依特洛想说的不是这个，普拉托拉-佩利尼亚是个好地方，我们现在住的蒙特萨克罗镇也不会让我们丢脸。这是依特洛自己的想法，因为他住在市中心，他想让我们离他近一点，让我们的学校和家都在他附近，这是因为他很欣赏我们，想跟我们经常见面。

但有一次——那时她已经怀了埃尔内斯托，她很难受。我不想让她觉得自己不够出色，为一些确实存在的不足，或者捕风捉影的事感到苦恼，我犯了一个很严重的错误。她像往常一样埋怨：可能我完全错了，也许我们真应该给几个孩子更好的机会，爱玛和赛尔乔成长的方式让我很内疚。我回答说：你说什么啊，你看特蕾莎，你记得她吧？她出生在罗马郊外，她在郊区长大，父母开了个小酒吧，生意惨淡；她还遇到像我这样的语文老师，可怜的孩子！可现在人家在麻省理工学院。

"就是你的前任特蕾莎？"

"前任,你又来了,都过去这么长时间了,我连她长什么样都记不得了。"

她叫喊着说:

"你滚去找她吧!滚到美国去!你这么优秀,在那里肯定也会干大事。"

当然,这件事情后来过去了,她似乎忘记了我说的那些不该说的话。但与此同时,我出了一本新书,蒂尔德联络了一家重要周刊,要对我进行采访。在此之前,我还从未接受过类似的采访,从前我只是会跟记者在电话里聊几句,在报纸上变成一篇文章里的两行文字,跟其他一些权威人士的观点放在一起。然而那一次,在报社的罗马分社,一位在那个时期很著名的记者(名气太容易消散了,我现在也不记得他是谁了)特意为我而来,他提了很多问题,让我讲了一个半小时,最后他跟蒂尔德简单说了几句,打了招呼就走了。蒂尔德兴高采烈地走近我,她拥抱了我,吻了我的脸,她的吻落在距离我的嘴唇只有一厘米的地方。

"你征服了他。"

"不会吧?"

"怎么不会,你不知道,你一开口就有魔力。"

"这纯粹是练习的结果,我已经上了好几年课了。"

"不,不,不是这样。看来我得更关心你了,教你认识自己。你的问题就在于,你不知道自己的能耐。"

"我清楚得很：我是战后糟糕教育的产物，那时的学校，表面是共和国教育，实际照旧是法西斯那一套。战后那一大帮孩子，他们本应该接受更好的教育。"

"别说这些了，采访已经结束了。"

"采访稿什么时候出来？"

"我不知道，希望在米兰的推广活动之前出来。"

离米兰的图书推广活动还有一段时间。我后来忙于期末考试和打分，基本上忘了采访的事儿。同时，我的书开始发行了，我忽然感到很焦虑，担心这本书写得太着急了，我的支持者会发现自己看错人了，一些权威人士看了之后会很愤怒，会评论说：上一本书里优美的意大利语、详尽连贯的陈述、引经据典的分析去哪儿了，现在大家知道了，我们的学校毁在谁手里，诸如此类的话。

一天下午，我很疲惫地回到家里，娜迪娅的肚子很大，就快要生了。她大声地吼赛尔乔，好像他是个大人一样，其实他只是个无忧无虑的两岁孩子。我说：

"你休息一下吧，我来照顾家里，看你都累垮了。"

"我累垮了，你他妈什么时候在意过？"

她从来不这样说话，我有些害怕，轻声说：

"你躺一会儿吧，去吧。"

"你躺一会儿吧，你工作了，你应该休息。你可以好好读读《全景》周刊。"

她给我指了过道尽头的厨房，爱玛跪在桌子旁的一把椅子上。我走过去,她正在看一份周刊,其实不是,她看的是一张我的照片,照片出现在那页杂志的中间。我抑制住焦虑和不安。

"文章怎么样?"我问娜迪娅。她在过道另一头,又开始凶赛尔乔,把想对我发的火撒在了赛尔乔身上。她用阴郁的语气说:

"棒极了!"

"真的吗?"

"我说过谎吗?文章很长,有两页呢。"

她的语气令人难以忍受,我以为她是发牢骚,因为平时要照料家务,处理学校的事,照顾爱玛、赛尔乔,还有肚子里不久就要出生的孩子。

"我过一会儿读。赛尔乔,到爸爸这里来。"

"我要你现在就读。"

"娜迪娅,你别激动。"

"你觉得我激动吗?爱玛,把报纸给爸爸。"

我的照片让爱玛感到很骄傲,她先是亲了我很多口,又想亲吻照片。我最后终于拿到了周刊,但条件是:我看文章时她要坐在我腿上。标题很好,我没记错的话,讲的是教育复兴。我简单看了一下,记者说,我的书重新激起了关于教育制度的讨论,所有人都说要重视这个制度,但却没人真正在意。文章引言部分很长,洋溢着赞美之词,引用了两句我的话,那么言简意赅,我觉得自己从未写过这样有力的话。采访的部分,记者把我的回答写得很有意思,用词很高雅。

我很激动,也很高兴,我从来没有想到,一个半小时的闲谈能变成一篇如此高明、精巧的文章。我暂时忘记了凶赛尔乔的妻子,直到觉察她出现在厨房门口。我抬起头,那一瞬间,我觉得她生病了:她脸色有些发青,脚踝浮肿,挺着大肚子,一旁赛尔乔扯着她的裙子,想寻求关注。我思忖着,她为什么这么不开心,我是她丈夫,几个孩子的父亲,我出名了,她应该高兴啊。我越是一帆风顺,她的生活,爱玛、赛尔乔和即将出世的孩子的生活就越好。

"怎么样?"她用有些不安的目光盯着我。

"你过来坐,跟我说说,你怎么看。"

"你看了吗?"

"看了,还不错。"

"你感到自豪吧?"

"一点点吧。"

"你翻页了吗?你看到有谁在跟你做伴了吗?"

我没明白,我嘟囔着说:"哪一页啊?"这时爱玛已经按照她母亲说的,把那页翻了过去,我看到,我的采访后面,紧跟着另一篇采访,上面的照片比我的照片还要大,我马上认出了那是特蕾莎。就在这时,娜迪娅用命令的口吻说:"爱玛,到妈妈这里来,爸爸有事要做。"她的语气里透露着一种压抑的愤怒，女儿马上从我腿上下去了，跟在她妈妈和弟弟身后，他们三个，不，是他们四个逃开了，好像地震来了一样。

十六

几天后,娜迪娅生下了我们的第三个孩子——埃尔内斯托。我说过,这次分娩就像这次怀孕一样艰难。我推掉了所有工作,特别是强迫自己忘记,特蕾莎那篇采访后面写着:九天后上午十点钟,她将在罗马一所大学里做讲座。我忘了是关于什么主题了。我很清楚,我妻子一定认为我特别想见特蕾莎。在羊水破之前,我尽量让她放心,我会一直陪着她。生完孩子之后,她的状况不是很好,我们都没心思想那场讲座。虽然我不时会怀疑,娜迪娅生埃尔内斯托时,表现出的痛苦是在表演;她想提醒我,如果我去听特蕾莎的讲座,听她那些聪明睿智的言谈,这对于她来说是多么难以忍受的事情。

当然我不可能告诉妻子,我其实很害怕见到我的前女友、前学生;就像我不可能告诉她,在那个特定的时刻,特蕾莎让我很害怕,我也急切想要跟她见面交谈,好让自己放心。我把所有我能编得出来、讲得过去的借口都想了一遍,但我一个借口也没找。特蕾莎在大学讲座那天,恰好医院让娜迪娅和孩子出院,我要照顾我的妻子和孩子,带他们回家,承担起作为父亲的责任。我岳母特意从普拉托拉赶过来，她很能干，尽管有她帮忙，但我每一刻都要操心。我妻子太疲惫了，刚出生的孩子病恹恹的，他很丑，不受老大老二欢迎。

那些天我对自己很厌烦，这让状况变得更复杂。我不想把所有时间都用在照顾娜迪娅和三个孩子上，同时我正在失去和特雷莎重逢、稳固我们的关系、让自己安心的机会，这真是一种折磨，但我强忍着度日。特雷莎一到罗马，我本来可以想办法跟她联系，但我强迫自己全心全意照顾娜迪娅。我妻子似乎平静了下来，一个星期后，她坚持要让我去参加米兰的新书推介会。很明显，她在勉强自己，她希望我留在家里。看见她痛苦，我也很难受，她的身体遭受折磨，她为自己无数次的让步、挫败和错失而感到痛苦，三个孩子也让她负担沉重。这是她想要的，从前几乎是她要求我生的，现在她忽然觉得他们是个负担，这是一种真实意义的沉重，就像衣柜、岩石或整栋摩天大楼一样。她反复说：不能陪伴你，真的很难过。她带着遗憾感叹说：不知道蒂尔德会穿多么漂亮的衣服。她嘀咕说：我多想听听，她对你的书的看法，她的评论总是很深刻。她甚至把她准备在推介会穿的衣服和鞋子指给我看，但她筋疲力尽，走路一瘸一拐，只为我准备了行李。我带着一种解脱感出发了。

十七

蒂尔德在她大排量的汽车里等我,她一路开到了米兰。她很喜欢开车,似乎乐此不疲,我们中途只停了两三次车:加油,吃东西,上厕所。一路上我们聊个没完,以前我们一起出行时,吃晚饭时、在酒店里、在路上,一直都有很多话可以说。

我们什么都聊,对于任何话题,她都驾轻驭熟,反应很快,说什么都很博雅,而且很自然;她谈论得太多了,就有些老套。我们很早就开始谈论性了,她很喜欢这个话题,聊得很愉快;我们聊了很多次,她不再对我隐瞒任何东西,有时我们吃完晚饭还会继续聊,喝了安神茶,接着来点儿烈酒,继续谈笑风生,有时我们回各自房间时,已经快到第二天破晓了。

到米兰的第一天晚上也是这样,我们大概晚上十点到了宾馆,我给家里打了电话,问一切是否安好。我放下电话,马上就跟蒂尔德去了离酒店几步路的餐厅。尽管来的路上一直在聊天,但我们还不满足,我们继续聊天、调笑。在回各自的房间之前,我肯定地说:

"现在我已经知道你身体的所有秘密、你的性嗜好和你讨厌的东西，就好像我们已经同居了五年似的。"

她回答说：

"学无止境。"

"希望如此。"我说。我向她道了晚安，回到房间，我已经筋疲力尽了。没过几分钟，她来敲门了，认真地说：

"你想吗？"

"什么？"

"学到更多东西。"

"当然了。"

"现在吗？"

我准备说，好啊！可我想到了正睡在小床上的孩子，肯定还没合眼的娜迪娅，又小又丑的埃尔内斯托。我说：

"你从罗马开车过来，很累了，明天可能更好。"

"是呀，说得对，你也休息吧。"

但我一晚上没闭眼。在那一刻之前，我从来没背叛过娜迪娅。只要我愿意，我本来有很多机会，但我连想都没想过。当然，那段时间我春风得意，我的名气越来越大，在很多场合，我受人尊敬和赞赏，蒂尔德对我也越来越赏识。我自然也想过，假如我慢慢打破游戏规则，那些挑逗的话很可能会引向上床，让身体尽情尝试，直至精疲力竭。然而我一直没有这样做，我太喜欢自己树立的形象了，我不想因为令人尴尬的误会、毫无益处的勉强、不值一提的艳遇而毁了它。这些混乱的事情属于以前的生活，因为那时候我对自己很不满意,我会为了自己根本不喜欢的女孩而背叛特蕾莎。我知道,她肯定也会和任何想要得到她的人在一起,从而背叛我。可跟蒂尔德的情况不一样,我们的关系已经太密切了。尤其是,我在她面前自惭形秽,我有时会觉得,她很符合我现在的生活,符合我正在成为的那个人。她像一个光彩夺目的榜样、朋友、顾问和导师,所以成为我的情人也未尝不可。

我大清早就起了床,就好像整晚都在跟她做爱一样,我筋疲力尽,可能还有点消沉。我们一起吃了早餐,像往常一样愉快。她妆容靓丽,可还是能看出来她脸色透出一丝疲惫,眼神有些不安。我回到房间,给娜迪娅打了电话,她让我放心,爱玛、赛尔乔、埃尔内斯托和她都很好,有能干的岳母照顾着他们。最后我回到酒店大堂,我们一起去了一所学校,三百个学生和十几个老师在大礼堂里等着我。

上午过得很愉快,我谈了谈书,回答了几十个很有意思的问题。从那时候起,我就没有安宁过。蒂尔德在讲座后安排了一顿午餐,有圣心大学一位著名的教授,还有市政府负责学校教育、文化和体育活动的官员。这餐饭吃得很累,我害怕暴露自己知识上的空白,担心表现得孤陋寡闻,说一些没深度的话。但蒂尔德很善于处理公共关系,一切都很顺利。午饭结束后,我们马上搭了一辆出租车,去了一位年迈的女士家里,她是位公主——蒂尔德很高兴地对我说。我没告诉她,我不明白为什么法国大革命已经过去两百年了,还有人带着赞美和崇拜谈论王子和公主。我只想集中精力,完成我的首要任务:给那位女贵族留下一个好印象,蒂尔德觉得,这对我来说轻而易举。事实的确如此。那位血统高贵的老妇人快九十岁了,但仍然很活泼幽默,她读了我的第一本书,应该很快会读我新写的这本。她之前是研究玛利亚·蒙台梭利的生平和作品最权威的人士之一,现在也依旧是教育专家。我们聊了两个多小时,边聊边吃点心、喝红茶,屋子里有地毯和家具,墙上挂着油画,很奢华,这情景我只在电影院见过。她跟我提到了很多名人,有的已经离世,有的仍然健在,她直呼他们的名字而不是姓。蒂尔德给了很多机智的提示,让我知道那些人都是谁。这位贵妇揭露了很多内幕,说了那些名人的坏话,她乐此不疲地向我揭露他们的卑鄙下流、挥霍无度、性欲倒错,有的残忍又肤浅无知。

我们终于从公寓里出来了,蒂尔德惊呼着说她从来没跟任何人聊过这么久,一般来说,她接见部长都不会超过五分钟。你有一种天赋,是的,你让人感到自在,想要对你敞开心扉。蒂尔德跟我讲话时,表现得很满意、很骄傲,让我觉得自己很强大,这种感觉马上转变成了一种肉欲,让我想把她拉过来,紧紧抱住。她冷静地躲过了我的拥抱,只是在电梯里拉着我的手,一出去就放开了。我们特别兴奋,到达书店时,我们已经有些迟到了,我要和读者聊我的新书。我还是像往常一样焦虑,我突然问蒂尔德,如果没人来该怎么办。蒂尔德笑了笑，她看看周围，拧了一下我的腰，用带着嘲弄的眼神看着我说：如果没人那就算了。夜色很美，气候温和，我们去散散步，但你看着吧，待会儿会有人来的。

事实上，书店的讲座厅很小，里面挤满了人，我很高兴我出现在那里，我很高兴身边有一个像蒂尔德那样的女人。我终于变成了我想要成为的人——我父亲和世代为农的祖先所期望的人。我写了两本书，我是一个有思想的作者，我能让很多有文化的人放下他们手头的事，走出家门，用一个多钟头和我探讨一个历来无聊的话题。

首先是书店经理讲话，蒂尔德接着言简意赅地说了几句，最后是我。我是站着讲的，我觉得坐着无法掌控听众，在学校，我也从来不坐着讲课。我清了清嗓子，就在我开口说话的一瞬间，我看到特蕾莎出现在大厅的后面。我最害怕的事情发生了，她就在那里，我无法回避，无论我在哪里，她都会想办法提醒我，我是谁，我没有选择，她在掌控着一切。虽然她很年轻，没有贵族血统，但她也会像那位九十岁的老公主一样，肆无忌惮地说出她的想法。

多年后，她再次出现在我眼前。我讲话时比平时更投入了，我想让她重温旧梦，那时我还是她的老师，她坐在教室后面的位子，靠着窗子，是个不守纪律的女生。整场讲座，表面上我是对着公众讲话，而实际上我只对着她一个人讲。我用尽全力，使出浑身解数让她相信，现在我洗心革面，应该得到尊重，那可能是我做她的老师和情人时，她从来没给过我的尊重。我讲了大概一个小时，还不想停下来。我注视着她，我没看见她表现出丝毫赞同，她脸上甚至连一丝笑容也没有。我想：我需要更多时间，我要想办法消除她惯有的敌意，我要感动她，让她笑起来，总而言之，我要像从前一样融化她。可是没办法，我并没有获得她的认同，那是我很熟悉的表情，可以在那些陌生听众脸上看到；我不认识这些听众，可能我一辈子也不会跟他们有任何交集，但他们赞同我。特蕾莎一直待在同一个位置，站在几个没找到位子的人中间，我觉得她尖锐的目光一直停留在我身上，仿佛在传达讥讽我的话。我想，我如果停止说话，这时候书店经理会问听众有没有问题。特蕾莎很可能会第一个提问，她从来不会胆怯，谁知道她会说什么，也许是挖苦我的话，也许是我教书很差劲的理由。唉，我不想考虑这些，我继续讲下去，直到蒂尔德示意我停下。我结束了发言，筋疲力尽地坐下，这时响起了雷鸣般的掌声，持续时间很长。

"那是谁？"她在我耳边问。

"谁啊？"

"别装了，最后面右边那个女人。这一个小时，你只对她一个人讲了。"

"怎么可能？"

"事实如此。"

十八

讨论开始了。起先没一个人愿意提问,听众看起来像小学生,大家低着头看着地板,显得很拘束。后来,坐在第一排的一位老教师提了个问题,紧接着很多人想要提问。我总是镇定自若,后来甚至是用愉悦的语气回答大家的问题,和我预料的相反,特蕾莎不仅不打算发言,她甚至想把自己隐藏起来,我坐下后只能看见她乌黑浓密的头发。

讨论了半个多小时,书店经理说,只剩下最后一个问题的时间了。我不安地盯着桌子,我听到一个女人的声音,她问我如何评价自己受教育的经历,那不是特蕾莎,而是一个很有教养的女学生,可能是米兰某个高级中学的尖子生。我眼镜原本是架在额头上的,现在我把它放在了鼻梁上,心想总算躲过一劫了。

"很糟糕。"我回答说,我清楚地看着大厅后面的特蕾莎。

"您不觉得,一个人如果批评他上过的学校,那他不就是在否定自己吗?那就好像在说:我受到的教育让我无法胜任这份工作,无法当部长、写书或对公众讲话。"

我回答说:"是的。"我本来想好好解释,陈述我受过的教育、产生的结果，最后引出结论。可就在我说出"是的"一秒钟后，我看见也听见特蕾莎开始用力鼓掌，真是一石激起千层浪，所有人都激动地鼓起掌来，包括刚才那个提问的女学生，掌声长久而热烈。那一刻，好像大家都发现自己接受了糟糕的教育，他们很高兴能用掌声肯定这一点。

晚上的活动结束了，许多人径直走向出口。我在留下来的人中，还有围住桌子边让我签名的人中间寻找特蕾莎，但我没看到她的身影。我被几个读者缠住了，脱不了身。有些人刚才没能提问题，但问题已经到了嘴边了，他们想面对面提出来。两位穿着考究的女士，也许是一对双胞胎，向我罗列了一堆没上过学，或学习成绩很差，却在科学和艺术上成就斐然的人。我依然语气温和，应付自如，最后蒂尔德打断我，感谢了那些留下来的人。她拉住我一只胳膊，把我拉到一边，在我耳畔轻轻说：今天晚上没有正式晚宴，就只有我和你；但我得先跟书店解决点问题。你先回酒店吧，我们在那儿吃点东西。

酒店只有几步路远。我愉快地呼吸着米兰夏夜的空气，太阳穴跳动得厉害，觉得心里一阵燥热。我用眼睛的余光看着路人，看着一群还在讨论的教师。特蕾莎走了，我很高兴，同时也觉得很遗憾。这种矛盾让我很不安，但事情就是这样：我不想和她说话，却又很渴望和她说话。假如像在采访里说的那样，她要回美国了，不知道什么时候我才能跟她见面聊天。聊天当然是要谈事情：写信时可以斟词酌句，但面对面聊天可能会说得太多，唤醒那些已经沉睡的东西。我想，我最好给她写封信。想到这一点，我平静下来了。但就在这时候，我看见她在一家街角的酒吧前，跟两三个朋友在一起，可能是她那个圈子里的朋友，都是男性。

我决定跟她打招呼，但马上又放弃了。她一定会用讽刺的语气，把我的讲座说得一文不值，会攻击我，让她那几个追求者，或被强行拉去听我讲座的同事发笑。他们是科学家，可能是美国的，也可能是其他国家的。特蕾莎会很多种语言，我只会拉丁语、希腊语和那不勒斯话。她看起来多逍遥自在啊，她身材苗条，穿着牛仔裤和衬衣，年轻、无拘无束，只要看她一眼，就明白她有多得意。我看着她，想着自己这些年取得的微不足道的成就，我是一个眼界狭小的男人，越不过意大利这道泥潭，死死困在罗马郊外的小水沟里。而她站在路的另一头——一位会多国语言、享誉世界的科学家，一个超越了老师的学生，我对让她大放异彩的学科一无所知。我大声喊了一句："再见，特蕾莎。"我跨着大步远去，同时低着头，举起右手轻轻晃着，向她道再见。

但没过几分钟，我听见一阵脚步声，我还没来得及回头，她就挽住了我的胳膊。

"你要去哪儿？要跟那位留心你每句话的漂亮女士约

会吗?"

"我不想打扰你。"

"但我乐意。"

她马上开始拿我的发言开玩笑,她说:你太激动,太有激情了,我坐在那儿,感觉你就像个一心要讨好主人的大狗。接着她把我拉进了一间酒吧,她的手从我胳膊下抽开时,失去了她传递给我的热量,我的外套似乎变冷了。我笑着反驳说,我们所有人本质上都是动物。同时我看了看表,遗憾地说:"我只有两分钟了,不好意思,特蕾莎,我还有急事。"她假装没听到,选了个桌子坐下来,开始跟我聊我写给她的信,我告诉她的那些关于娜迪娅和孩子的事,但就好像我没告诉她实话,她得自己在字里行间寻找真相。我再次看了看表,示意吧台的服务员,而她已经开始用讽刺的口吻,说了根据我写给她的信她推论出来的东西:娜迪娅是我的女仆、牺牲品,我假装关心她,但其实对她却很无情,我吸取她的能量,让自己强大,我在外面风流快活;她把几个孩子描述得很怯懦:他们因为害怕我,不得不表现得很爱我,在他们眼里我其实是个外人,甚至我回到家时,他们也感觉不到我的存在,我脑袋里只装着自己的事。我像一只没有感情的大猩猩,总想着捕猎,即使不捕猎时,也想着猎物。你还是老样子,我像她那样打趣说,你总是喜欢去解构别人的生活,尤其是我的。她装作懊悔的样子,大声说:你看,你生气了,我刚才只是在开玩笑。你在书店里讲得很好,你是最优秀的男人,一位好丈夫、好父亲。我刚刚只是在引用高二时,你给我们上的一节课。她想把那节课的内容复述出来。她大声说,这太令我不安了,你们当老师的,应该掂量在课堂上说的每个字,而不是毫无节制跟我们说些无边无际的话。我在那节课上说过,任何与人类有关的东西,都可以总结为猩猩的鸣叫:嗷、喔啊、呜呜呜;所有东西,包括诗歌,包括冲破栅栏的黎明,落在睫毛的阳光,实际上都是猩猩的叫声。这时她做了个手势,很可能是模仿我上课时常做的手势,最后说:你看到了吗?我记得你的每一句话。

当然,她的确记得一些东西。让我吃惊的是,她引用了几句赞佐托的诗,那是我非常喜欢的诗句。以前我教她时让班上的学生读过,现在我有时还让高三的学生朗诵,我突然感到一阵自豪,因为她还把这几句诗保留在记忆里。所以在她受到的教育中,我是无法抹除的一部分,我很高兴我对她的成长真的有帮助。我放松了警惕,解释说:我根本没生气,我很高兴成为一只猩猩,在这个阶段,我叫得不错:嗷、喔啊、呜呜呜。可现在我真的赶时间,我有急事,我不能没礼貌,让人等着。

我斩钉截铁的语气让她忽然愣住了,她眼睛定住了。她说:行,你走吧,我很好,你也很好,你讲话比以前更吸引人,你有一个幸福美满的家庭,我们两个都成绩显著,上了报纸,再见,珍重。她示意要起身,我知道她是假装的，还是马上抓住她的手腕，挽留了她。我笑着小声对她说：两分钟很长，我们再待一会儿。我点了两杯啤酒，我知道她喜欢啤酒，我要了她一直喜欢的那款。她继续坐着，用少有的严肃语气说：

"你是想浪费这点时间，还是直接说重点？"

"什么重点？"

"重点就是，如果你还记得我，如果你还给我写那么长的信，问我：你怎么样？美国怎么样？你过得怎么样？有男朋友吗？结婚了吗？当母亲了吗？做什么工作？那是出于一个你没勇气说明的原因。"

"原因只有一个，而且很简单：我对你念念不忘。"

"不，原因是你想知道：我现在和以后，会不会忠实地替你保守秘密。"

我用力摇了摇头。

"我从来都没有不信任你。"

"你说谎。"

"真的。我只是有时害怕你会疏忽大意。我们俩现在都处于一个人生上升的阶段，我不想因为一件小事、一次冲动、一句玩笑话而伤害彼此。"

"看吧，你很担心。"

我再次摇摇头，做出一副不被人理解的表情。那时候，特蕾莎做了一个动作，那是在我们那么多年的关系中，几乎从来没有的举动，无缘无故却很深情：她伸出手，用苍白的手指抚摸了一下我的手背。随后她承认，我们当时爱得很疯狂，用我们特有的方式，很极端很残酷。她说：我很清楚，已经过去很多年了，在世界的另一头，我感到孤独时，我有时候甚至会想到，我们仍然相爱；当然我们不可能一起生活了，我甚至怀疑，以前我们在一起，这让我们的本性变得更坏，假如我们还在交往，我们会变得更坏，但分开了，我们却可以是很稳固的一对。

"一对？我和你？"

她喝光了剩下的啤酒，她盯着我，眼睛闪闪发亮，但充满了挑衅。

"对，我监护你，你监护我，一辈子。"

"也就是说？"

"我们结婚。我们的婚姻既非宗教，也非世俗，我想把它叫做'伦理婚姻'。如果我们当中有个人犯了错，那么另一个就有权利告诉任何人：我现在让你们看看这个男人的真面目，或者这个女人的真面目。"

我不安地看着她，她是开玩笑，还是认真的？她提出一种远距离控制，往后五十年，她会通过一个严格的"超我"跟我说话，而我也要回应她？真是个充满想象力的女孩，很可惜，我连一个小时都无法忍受她。她的脑子真的很好使，无论是理科还是文科，她都特别优秀。她渴望一种紧绷的生活，那就像有一根钢丝在皮肤上振动，随时会割破皮肤。她多勇敢，多大胆啊！现在的女孩通常是这样的，但那时还不是，特蕾莎是从罗马郊区成长起来的、走在时代前面的人物。她离开了父母，离开了亲戚朋友，离开了起伏的山丘，尤其离开了我。她登上我从来没坐过的飞机，离开了意大利，去了一个语言和风俗对她来说很陌生的地方，被男男女女算计、阻挠，经历了各种各样的考验，然而，她没停下脚步，越来越好，她成就了自我。

我没有接话，只是微笑了一下，几乎没出声，让她继续说刚刚提出的婚姻模式。现在她的语气变得熟悉起来，每句话都耐人寻味，既充满诱惑，又像是无情的讥讽，声音毫不伪装，接近刻薄。两分钟变长了，我想继续待在酒吧里，跟她喝第二杯啤酒。我忽然想起了蒂尔德，想起来要给妻子和孩子打电话。特蕾莎的目光很犀利，她在书店讲座区后面，只是看了一眼，就明白我和蒂尔德的关系到了哪一步，那天晚上会发生什么。她这时在忙着揶揄我。她说：那位漂亮女士的裙子真优雅，你知道那个精致的女士要在镜子前花多长时间化妆吗？你知道她花多大力气跳操保持身材吗？她花多少钱保养自己吗？简直要抢银行才能买得起，仅仅是她一天扔掉的东西，就够我用一辈子的了。但我理解你，跟这样的女士在一起，很有情趣。在那条裙子下面，你会看到很精致的内衣，闻到让人心醉的高级香水味，看到毫无赘肉的小腹，她很灵巧，能满足你任何大胆的性幻想。但是小心，跟她上床是很糟糕的事。如果你现在上了她的床，那么就侮辱了你妻子。摆在你面前的有两种可能,第一是你回家,向可怜的娜迪娅坦白,跟她说那些出轨的丈夫常说的话:我被欲望冲昏了头,原谅我吧,再也不会发生这样的事了。你说这些话时要充满懊悔,要像平时那样,用词考究,要把你发出的猩猩叫变成有节奏的漂亮句子。

我打断她,纯粹是为了证明我在听,我接受她的游戏规则。我说:

"我根本不可能坦白,不然她一定会把我赶出家门,我再也见不到我的孩子了。"

"所以呢?"

"我什么都不会说。如果事情变复杂了,我会撒谎。第二种可能是什么?"

"第二种可能是我通过某种渠道,知道你背叛了你妻子。"

"啊,然后呢?"

"作为你伦理上的妻子,我也感觉被背叛了,我会把你更糟糕的一面告诉所有人。"

"你的意思是,要么我向我妻子坦白,要么我就放弃那个女人?"

"对。"

我笑了,看起来很轻松,但其实很不安。

"好吧,我放弃。"

特蕾莎再次抚摸了我的手。

"真棒！如果你这样表现，你会成为好人中的好人。"

"你也一样。既然这样，你干坏事的时候，也要小心，要知道你的风险跟我一样。"

"我没什么问题，我已经是好人了。"

大约十一点钟，我们告别了。我们像两个在不同战场，历经百战后重逢的老战友，聊了聊军营里的趣事，却试图淡忘可怕的过去。

十九

我径直向酒店走去,步子很快,两只手揣在兜里,我想,这下很难跟蒂尔德解释清楚。我担心她已经睡了,我渴望她,一整天都在渴望她。但很难说清楚这种渴望是我自发的,还是因为我确定她渴望我,正等着我。特蕾莎开玩笑般的威胁并没让我改变主意,即使已经结了婚,渴望一个女人也不是什么罪恶。这些年,我对妻子一直很忠诚,特蕾莎只是没话找话,才说到了这件事儿,提到了这桩即将发生的背叛,她只是想要耍嘴皮子。她究竟想暗示我什么?她想说,因为互相坦白的事,我们都倾向于把对方当作坏人。但我们的生活经验展示出来的却恰恰相反:在这个丑恶的世界里,我们是好人。只是我们跟其他好人不同,我们知道自己会变成坏人,我们心里很清楚,但因为生性禀直,我们把自己归入坏人之列,认为现在的善良是假装出来的。然而我们根本没假装,我们真的是好人,偶尔会干坏事,这是因为生活很可怕,世界一直都很危险。但苍天在上,跟坏人比起来,我们做的坏事不值一提。当然,恶就是恶。思考"恶就是恶,没有商量的余地"这个命题,难道不意味着我们本身是善的吗?一个人得对自己有特别严格的道德要求，追求完美，才会在犯小错时感到罪恶。但我暗想，成年实际意味着放弃对完美的追求。是呀，伦理婚姻，深情的谈话和有趣的游戏。但现在，我愿意不惜任何代价，缓缓褪去蒂尔德的内衣，和她一起度过这个夜晚。她的内衣仿佛已经在我的指尖，温热又有些湿润，像刚被炽热的熨斗熨过一样。

我气喘吁吁进了酒店，她在宾馆大堂里跷着二郎腿，坐在大厅里一张金色椅背的椅子上，正看着她随身携带的样稿。

"你妻子打了两次电话来，"她说，"因为他们说你不在酒店，她第三次打来时找了我。"

"对不起，有人把我绊住了。"

"你不用跟我解释，你应该跟你妻子解释。我告诉她，讨论时间特别长，书店打烊后还在继续。"

"我现在给她打电话。"

"我等你。"

"你吃饭了吗？"

"一小时前吃的，你呢？"

"还没有。"

"我让人给你做份吐司？"

"谢谢。"

我急忙打电话给娜迪娅，她接了电话，声音很迷蒙，好像从睡梦中惊醒。

"你给我打电话干什么,现在几点了?"

"十一点十分了。"

"你知道,这个点我都睡了。"

"我想告诉你,一切很顺利。"

"我知道,我跟蒂尔德聊过。你怎么弄得这么晚?"

"有几个老师还想讨论一下,他们把我拉到了书店附近的一家酒吧。"

"你累了吗?"

"有点。"

"去睡觉吧。"

"孩子呢?"

"他们都很好。"

"晚安。"

"晚安。"

娜迪娅好像很平静,我放下心来,如释重负地回到了蒂尔德身边。我大口吃完吐司,又喝了啤酒。我跟她开玩笑,她跟我开玩笑。

"吃饱了吗?"

"饱了。"

我们离开金色的座椅往电梯走去,这次我们聊了她刚看的稿子。她按了五楼,我的房间在四楼。我们继续讨论那份稿子,似乎那真是我们唯一关心的话题。她走出电梯,我跟在她身后。她在找钥匙,我仍然喋喋不休说了很多想法，希望帮她充实那份稿子——如果她决定出版它的话。她打开门走了进去，我跟着她进了房间，把门留着。她转过身，把包放在一张椅子上说：

"你不关门吗？"

我清晰记得听到这个问题后的漫长瞬间。我忽然觉得，其实我根本不想拥抱那个女人，抚摸她，用不同方式进入她的身体，不仅仅是因为忙了一天，我眼皮很重了。我关上门，她说：

"我去一下洗手间。"

她步态优雅，踮着脚尖去了洗手间。我一个人在房间里，四处打量了一番，房间跟我在四楼的一模一样。我听见了流水声，我对她有欲望，但没有任何人、任何事逼我从蒂尔德的身上得到欢愉，我没有任何义务同她睡在那间屋子里。现在只需要做决定：可以肯定的是，这种诱惑始于一次早餐，她从我的手上舔食蛋糕，现在我连当时是在哪个城市、哪家酒店都不记得了，我不知道我是应该剪断长期以来不知不觉编织的罗网，还是完成那幅画面，那是我们用各种色彩精心勾画的画面。我问自己，我为什么在那里，而不是在自己的房间里。为什么那个漂亮女人，她有丈夫和孩子，她让我待在她的房间里，也许现在她正在刷牙，在为和我共度良宵精心准备。我想，我找到了答案，正在发生的一切是因为她眼中的我并不是真正的我，事实上，我一直都想变成她眼中的那个男人。令人惊讶的是，最近几年，我感觉自己真开始变成那个样子了。我想，我渴望继续拥有蒂尔德的情感、尊重和欲望，那么我应该表现得像那个激起她的情感和智慧的人。蒂尔德光着脚从洗手间出来了，身上只穿了一件蓝色睡袍。我拉起她的左手，虔诚地吻了吻，我用舌头掠过她散发着润肤露香味的手掌。我说：

"你很美，我很想要你，可我必须停下。今晚过后会发生什么？我们做爱，然后呢？不行，我没法背叛我的妻子，我爱她，爱我的孩子。我以为我能做到，但实际我做不到，那不是我的本性，我就是这样的人。"

我像正直的男人一样，带着自豪说出了最后一句话。蒂尔德猛然把左手缩了回去，右手狠狠打在我的脸上，我的眼镜飞到了床上。我摸摸脸颊，感觉眼泪就要夺眶而出，我借着捡眼镜的时机，逃避过了她愤怒的目光。

"晚安。"我说。

她小声说：

"等等，对不起。我不该有那样的反应，是我错了，你过来。"

"不。"我嘀咕了一句，"完全是我的错，我们明天八点一起吃早饭？"

"好。"

我出了门，从楼梯走到了四楼，回到了自己的房间。我的脸很疼，但我没有动摇，没有让步，我甚至觉得很轻松。我感觉牢固的东西，其实只是支撑我飞行的空气，那就像在一架正在航行的飞机上，航线终于清晰了。我感到很高兴。

二十

尽管很长时间以来我都认为，确定一件事开始或结束的时间，这是一种自我欺骗。我觉得，在米兰的那天晚上是我新生活的开始。第二天早上，一切出人意料地顺利，蒂尔德和我一起愉快地吃完了早餐，好像前一天我们还担心自己得了不治之症，做了重要的化验检查，好在我们的身体非常健康，我们很开心自己还活着。

回程途中，我们甚至聊了发生在我们身上的事，我们开怀大笑。但她开车时，我忽然变得严肃起来，我把食指轻轻放在她的裙边，离她纤细的膝盖很近的地方，我想找到合适的措辞，说明一上车我就感受到的欲望。我说，假如昨天晚上我们做了爱，我的手指现在摸着这裙子的布料，就不会有现在的感觉。她也这样认为，我们想象，如果那天晚上我们赤裸相对，熟悉了对方的每一寸肌肤，我们会永远失去多少感觉。我们细数着那些我们可能会失去的东西，这让我们很开心。只是当我说她的耳朵小，几乎没有耳垂，像贴在后颈上一样时，蒂尔德好像很不高兴，她突然大声说：

"你胡说什么呢。"

"你不想开玩笑了?"

她用力摇了摇头:

"没有,你继续吧。但我现在知道,和你做爱是我最不想要的事。"

"你到底想要什么?"

"我没法跟你解释,说起来会很荒唐。"

她说出那句话时,嘴角有些抽搐。这实在出乎我的意料,因为几秒钟前她看起来还很开心。我有些犹豫,正想说:好吧,说说吧,可笑就可笑。但我决定不说,是因为我想起了很多年前,有一次我跟特蕾莎吵架,她大声对我说过一句很相似的话。那时候,我和特蕾莎住在圣洛伦佐区的房子里,她当时正在和我聊她对于爱的需求,我嘲讽她的那种需要很庸俗。尽管每次我们做爱,她都尽情享受,但她一字一句地说:对不起,你真以为,我跟你在一起是为了你双腿间那根可笑的玩意儿?她当时气疯了,开始摔东西,大喊说没办法跟我解释清楚,我看起来什么都懂,真的是什么都懂,包括最微妙的情感、最模糊的想法,但我其实比任何男人都要愚钝。在我上面或下面的人,我最终会弄碎他们的骨头,刺穿他们的喉咙,我是个陷阱,隐藏得太好了。后来她停了下来,喉咙哽咽了一下,脸色变得发青,就像哭得绝望、喘不上气的孩子。我惊恐地大喊:特蕾莎,拜托了!特蕾莎,你怎么了?直到她恢复了呼吸。

蒂尔德用眼睛的余光看了我一会儿。她等着我说点什么,她应该意识到我走神了。她自言自语似的嘀咕:我得停五分钟。不一会儿,她把车停在一个服务站里,她去上洗手间,我也去了。我们会合时,她拉住我的手,表情特别认真,拉着我去了不远处的一个花坛。她说:我可以挨着你睡一会儿吗?她弯下腰躺在草地上。我躺在她身边之前,尴尬地看了看周围;蒂尔德却毫无顾忌,她把头靠在我肩膀上。草坪刚修剪过,空气中弥漫着汽油味,但青草的芳香可以抵挡一下。我没闭眼,她紧紧靠着我的身体,一只胳膊斜挎在我的胸前,睡了半个钟头。醒来时——她醒得很突然,眼神迷茫——她说:现在我感觉好些了。我们走完剩下的路程,回到了罗马,到了我家楼下,途中还像往常一样,有一句没一句地聊着。告别的时候,我们约定彼此永远都是朋友。不过她有些酸楚地说:你可以信任我,但坐在书店后面的那个女人,我可提醒你,一定要小心她。她走的时候,大声叫我替她问候娜迪娅和几个孩子。

我不得不说,我迫不及待想拥抱我的妻子。我提心吊胆地进了家门,希望我的眼神没有因为对蒂尔德的渴望而变得闪烁,希望我没有那种难以掩饰的尴尬,以免娜迪娅出于一个焦虑妻子的敏锐,看出了异样。但那时几乎是午夜,她睡了。她在睡梦中嘀咕了什么,没有发觉到我进屋了。

二十一

第二天,我发现我妻子心情舒畅,甚至表现出许久没有的温情,接下来的几个星期,她的变化越来越明显。起初我很担心,害怕她又想要一个孩子。但很快我就明白,她觉得生命的一个阶段结束了,她想停下来,好好享受她所拥有的一切。在谈到大学时,她开始把那儿说成是蛇蝎出没的地方,提到高中时,俨然已经把那里当作她工作的最后归属。同时,她看起来并没什么不乐意的,时间一天天过去,她变得越来越能干,不需要太费力就能游刃有余地兼顾教书和照顾孩子。我这时意识到,年轻的娜迪娅已经消失了,如今在家里、在床上是一个成熟的女人。她心态平稳,是一位优秀的数学老师、一位关心孩子的母亲,一位得体的妻子。经历长时间的消沉后,她重新收拾打扮自己,想体体面面地站在小有名气的丈夫身边。

那种转变让我放下心来。如果娜迪娅状态好,爱玛、赛尔乔的日子会好过些,甚至是病弱的埃尔内斯托也会很好过。但最重要的是我的日子会很好过,我就可以教书、学习,在公共场合谈论我的书,跟杂志社和报社合作。当我忙于塑造我的公众形象,稳固自己的地位时,不用担心因为漫不经心,造成或加深对家庭的伤害。有娜迪娅在,她照料着一切,尤其是照顾我,她很高兴做这些事情。

我没有想过是什么让她变得这么好,这并非是我漠不关心,而是出于谨慎。她现在对我这个小知识分子的活动很热心,我无时无刻不在思考学校教育的重要性。她经常自豪地告诉我,她的某个同事,或普拉托拉–佩利尼亚的朋友、她父母的朋友在她面前夸赞我写的书,或赞美我刚刚发表的文章。但我也注意到,即使我是自嘲似的自吹自擂,如果太夸张了,她的那份热情和自豪就会变成强颜欢笑,她会匆忙躲开,好像有急事要做。她有时候也会忧伤,也有短暂的抑郁,我甚至怀疑,对她讲述我的成就会让她的心情变糟。一个星期六早上,我大声读一封信给她听,那封信是当时一位知名教授写给我的,他称赞我在一家日报上的短文。娜迪娅露出一个笑脸说:

"肯定是依特洛的朋友。"

"有可能。"

"看着吧,肯定是这样,有时候你可能都忘了依特洛对你的帮助。"

我小心翼翼地说:

"文章是我写的,不是他写的。"

"对,没错,但优秀的人多的是。"

"你的意思是,如果你在报纸上读到我的文章,如果不是因为依特洛的权威,你就不会欣赏,是这样吗?"

"我当然会欣赏你。可要是没有依特洛的支持,你敢肯定他们会让你在报纸上发表文章吗?"

我承认我不确定,但我这样说只是为了安生一点儿,不想跟她有摩擦,我的日程很满。我们家变得越来越热闹,很多学生和教师甚至从其他城市赶来找我,向我讲述他们的教育或教学经历;但也有一些在杂志社和小出版社工作的人想跟我探讨问题,向我提出合作建议,想让我做这做那。有客人来访时,娜迪娅会变得烦躁,尤其访客是女性时,她会说:可能我们真该换房子了,这里太小了,孩子连玩的地方都没有。我也需要自己的空间,我不想生活在这么嘈杂的地方,像港口似的。但我总不能拒绝来访的客人吧?难道我要对人家说:请你们不要来拜访我;特别是对活泼的女孩子和知识渊博、思想成熟的女教师,我总不能说,我妻子会疑神疑鬼的。于是我回答她:你说得对,等我们赚了钱,我们合计合计,然后换房子。

我得说,那时候我赚到了一些钱,我真的在认真算账,经常跟她炫耀我攒的钱,想向她强调,我们在银行的存款涨得很快。因为这个问题,我们的关系又紧张了一阵子。一天晚上,晚饭过后,我自豪地跟她说,因为那两本书,我刚刚又赚了一笔钱。我说的是"我赚了钱",第一人称单数,过去时。第二天我要出发去别的地方,我那段时间经常要出差。她收拾完桌子后,在替我熨一件衬衣,她头也不抬地纠正我说:

"是我们赚了。没有我,你一句话也写不了。"

我马上补充说:

"对,你一直在我身边,你的陪伴是最重要的。"

"不是我的陪伴,什么陪伴啊?我是说我的时间。你写的东西、你出去做讲座、你的成功、你的杰出表现、得到的褒奖和受到的祝福,里面有很多我的时间。"

"当然。贝托尔特·布莱希特说过:'页页有胜利,谁来准备庆功宴?'"

"做饭是基本的,给一份厨师的工资就行,你欠我的多着呢。"

"你说得对,"我简短地说,"对不起,是'我们赚了钱'。"

二十二

我越来越觉得我是跟特蕾莎,而不是跟娜迪娅结了婚。但这样说也许不对,也许我应该说,我每日面对的妻子,不如在大洋彼岸的"妻子"对我有益,特蕾莎每次闯入我的生活,总是能带给我很大的冲击,可能会拯救我,也可能会毁灭我。她把她想出的约定取名为"伦理婚姻",真是讽刺,它开始运作了。出人意料的是,我没有催促她,她也开始给我写信了,信不寄到我家,而是寄到了学校。起初,来信很简短,但很温情,一个星期一封。那些信说白了可以浓缩到一句简单的:"你好吗?"但她的转变让我很惊异,我收到信之后,会读了又读,回信我至少写下满满两页,对于她字里行间透露出的东西,我要么热情洋溢地欣然接受,要么会小心翼翼地表达否认。

我们的书信往来很快就成了一种习惯。她简单地跟我聊起她的生活,比如工作上的冲突,手头紧,男朋友没几个星期就分手了,波士顿的蟑螂巨大无比,有时会爬到床单上,晚上上洗手间时,在走廊里也能遇到。我跟她聊我的方方面面,经常会在面对一些为难的处境时,向她请教,或在做重要决定时请她给我建议。

特蕾莎的信仿佛是一种监控,我不知道是不是这种监控改变了我。当然了,尽管她脾气很坏,但有时也会用一两句比较温馨的话,承认跟我的书信往来对她有好处。那我为什么不能推测出,这是我们的婚姻协议在起作用呢?我越来越能感觉到她的支持,虽然在那些信里,她几乎总是用嘲讽的语气说:真好,你是我认识的最以自我为中心的人,最不敏感的人,竟然正慢慢变得柔和,不再那么僵硬粗暴,谁能想得到呢?

显然她夸张了,我天生性格就很柔顺。但我们在米兰见面之后,那种柔顺变成了另一种东西,变成了总是恰到好处的态度,我发现这带来了很好的结果。比方说对待学生,我开始使用一种流露出来的情感教育,也就是说,我十分关心那些最脆弱、最叛逆和看起来天资愚钝的学生。在同事面前,我表现得更有礼貌、有教养,我关心那些因为某些原因被排挤的人。我甚至开始觉得我岳父这个人很有趣,他是个好为人师的中学老校长,一直想告诉我怎么在这个世界上混,而实际上,他一直生活在乡下,对这个世界一无所知。我居然能听进去我岳父的话,这让我自己也很惊讶,这使我岳母有一次对她女儿说:你丈夫居然听你爸爸的,他不觉得烦吗?这是一种美好的感受:我不会觉得任何人很烦,尤其通常那些很讨厌的人。越往后我越想听人闲聊,我总是可以发现一些值得我学习、能启发我的东西。

我的快乐也多了起来——我暂且称之为快乐吧,那是一种细小的欣喜,一种适度的愉快——每次我都会带着这种愉快面对公众讨论。我对自己的口才已经很自信了,发言时也没那么紧张了。其他人讲话时,我尽量避免表现出不耐烦。我真诚友好地听完所有人的发言,在那些场合,我也感觉自己越来越能容忍那些最具攻击性、最讨厌的人。他们发言时,我不会错过一个词,我常常觉得,他们要比那些可爱的人更有深度。听他们讲话时,我脸上露出的不是赞同,而是理解,我会用一个模糊的肯定表达出来,这里很难用文字写出来,那听起来就像"唔"。当大家都说完了,轮到我发言时,我会不慌不忙地看看笔记,最后一次构想一下我要说的,接着我用公众喜欢的温和语气,开始进行批判,但语气总是保持平静。

有一次我给特蕾莎写信,也是和她开玩笑,我说:在米兰酒吧里的两个小时,你让我顿悟了;我的身体重新和你相逢,并对我们充满烦恼的同居生活进行了清算。以前我越来越无法忍受你,我的身体明白并感觉到——面对让人无法忍受的人,唯一的办法是谅解。我就是这么写的,假装郑重其事。当然了,她很生气,把我痛骂了一顿。她写道:你想想,你以前多讨厌,你多让人无法忍受,你真是一个混蛋,猥琐、虚伪无情,你竟然说出这种话,你把你的缺点赖到我头上。她最后说,要么我写信向她道歉,要么她彻底断绝跟我的联系,后果我自负。

读着她的回信，我有些伤心。虽然过去了这么多年，特蕾莎事业有成，但她还是从前那个小女孩，为一点小事就会生气，动辄发怒。她在我充满揶揄的话语中，读出了我要伤害她的意思，可事实并非如此，至少我不这样认为。如果我跟她解释，她会更生气，她不讲道理，总认为自己是对的。我连忙向她道歉，我跟她说，有时我也意识不到自己在写什么。我在信里写道，你责备我，你看，我会改正，我会吸取教训。我求她继续给我写信，纠正我。如果我有时在她面前犯错，那么多亏了她，还有我们的书信往来，在我日常生活中，我就不会重蹈覆辙了。

二十三

就是这样的。我承认,一开始我似乎在模仿某个人,可能是小说里的人物,或是某部电影里的人物,到现在我已经忘了是什么电影了,也可能是我小时候遇到的人,在短短的时间里,给我留下了深刻印象。但在某一刻,我告诉自己:到了四十岁,这份敏锐和智慧终于真正属于我了,我不再是模仿别人,这是我生命中前所未有的体验。

这种感觉在一天晚上尤为明显,在我教书的那家学校所在的郊区,一个冷清的小会堂里,发生了一件具有决定意义的事。跟往常一样,那里有场讨论会,但我一到会场就觉得事情很复杂,邀请我来的人对我抱有敌意。尤其是我发现,坐在我旁边的这个人,就是在好几年前我第一本书出来时,用简短几句话激烈批评了我,说完就起身离开了的那个人。

我认出了他,这让我感到极其不自在。他向听众介绍了我,听众包括带着淘气孩子的母亲、退休职工,还有一些学生和我学校的同事。按照常规,他本来应该简短说几句,而实际上他说了很多,远远超出了他该说的,他表现得好像他才是那天晚上真正的主角。更为重要的是,在这种场合,他本来应该赞赏我几句,可他非但没这样做,反而细致地分析我的书,还有我最近发表的一些文章,把我写的东西贬得一文不值,说我写的是没什么建设意义的陈词滥调,他想尽一切办法来讽刺我。

在会场,他有一群数量可观的支持者,有一两次还爆发出一阵哄笑、一阵掌声。我一直盯着桌布,仔细听着他说的每个字,桌布是淡紫色的,颜色让人讨厌,在一对旧霓虹灯的照射下,一会儿变成血红色,一会儿变成浓紫色,像一道长长的淤青。我有几次忽然感到头晕,身体有些摇晃,害怕自己从椅子上摔下来,但我依然专心听着,没有表现出一丝厌烦。

那真是紧要关头。他冒犯了我,我要克制住我的愤怒,压抑用暴力回击他的冲动。那个男人体形肥大,年龄无法判断,脖子粗,嘴巴很大,嘴唇很薄,他得意洋洋地说着恶毒的话。他浑身上下透露着敌意,我觉得他的汗水和散发出的气味都是有毒的。然而我意识到,只要给他时间就行了,他越说下去,我就越能免疫,我心中滚滚流淌的岩浆就越冷却,越能感觉到他内心深处的痛苦。他是一个教法律的老师,名叫弗朗科,晚上活动开始时,有人叫他弗朗基诺。他右手食指指甲上有一块淤青,好像被门夹了。他的发言很长,大部分内容不是面向听众,而是针对我的,就好像他只想让我看到他对我的敌意。可能是因为坐得很近,让我印象最深的不是他的讲话,而是他苍白的脸上布满血丝的眼睛。另外，当时在那里，他对我的批评中肯与否并不重要。他以越来越咄咄逼人的语气，一味强调一个观点：如果国家给教师狗屎一样的待遇，那么教师就应该提供狗屎一样的教学。他说的其他话都是从这个论点引申的。特别是，他由此得出结论，任何鼓吹无论如何要把工作做好的人——比如我——都是奴隶。他眼睛布满血丝，盯着我说：这些人是校长、教育厅、部长的奴隶，压榨每个工作者的血汗、几乎不提供任何回报的剥削机器的奴隶。说到这里他停下了，现场响起了雷鸣般的掌声，所有人都被震撼到了，首先是我自己，我也坚毅地为他鼓掌，我最后一个停下。那个男人疑惑地看了看我，他用手背擦擦他的嘴巴，露出了一个阴险的笑容，他看了看半个小时前放在桌子上的腕表说：我讲得太多啦，但他并没向我道歉。

我想，他讲得太多也不赖，我松了口气。幸好他讲了半个小时，假如他只讲了五分钟，我们可能就要动手了。然而在那漫长的半小时里，我感受到了他的悲哀。那种悲哀我很熟悉，那是个人的悲哀——是有生命的人形物质产生的抽搐，面对设计得很糟糕、完成得很糟糕、革新得很糟糕的装置时，比如教室、学校和教学，产生的一种反应。起初，这个装置似乎可以纠正，只是一个小问题，但后来它延伸到整个学校体制、家庭、公众生活的各种临时组织。他的那种痛苦激起了我的同情。弗朗基诺发言后响起的掌声结束了，我担心自己讲话时会太激动。我开始发言，我说，我非常赞同他，我也赞同他对我的激烈批评，我用我的话把我刚刚感受到的绝望讲给所有人听，那真是很可怕的处境。我简单概述了我两本书的内容，然后我说：教师承担着教育祖国花朵的责任，学生把希望寄托在你身上，期望从你身上获取很多东西，但你却什么也得不到，你说话也没人听你的，这太令人沮丧了。你写报告给让你陷入这种困境的人，却没人看你的信；你揭露你的工作环境，却没引起任何人的注意；你大声疾呼，却没有任何人听见。在你的教室，在这个世界上，一切保持原样，问题没有解决，于是你崩溃了。你说，谁在乎啊，灾难尽管来吧，让一切都走向毁灭吧！当我们触及到底时，最终会反弹的，硬碰硬，会有火花冒出来，一切旧的东西都会被烧毁，最后我们把一切重建成它应该有的样子。但同时，在等待之中，生命会消逝，生命过去得很没有意义，我们和学生们的生命一年年过去，没人真正触底，但会遇到衰弱、年老和死亡，可就是触不到底，事情越来越糟糕，没个尽头。我最后总结说，因此我把我的领悟告诉你们。我不想去证明：虽然我不是他们的老师，但优秀的学生总是会很优秀；就算我是他们的老师，差生会一直都是差生。教师工资究竟是不是少得可怜呢？世界末日是不是要到来呢？我在这里只想小声说：如果我积极采取行动，我就不会感到那么悲哀，是的，我就不会感到那么悲哀。我卖命工作，那些原本工作出色的人，因为我的努力，他们会做得更好；

那些原本不好好工作的人，在我的促使下，学会做好自己的工作。我并不想和我的学生实践一种"零度教育"。那些只会"嗷""喔啊""呜呜呜"乱叫的人类，做不出任何好事儿。所以，我亲爱的同事，我们要一起克制住这种不满，我们要采取行动，而不是像猩猩一样乱叫着搞改革，如果你愿意，也可以叫做革命……我就用这种口气说了下去，简明扼要，讲话没超过十五分钟。我有时会碰一下那位叫弗朗基诺的法律教师，我知道他很讨厌我，但我甚至会拉着他的手，那只手指有淤青的手，仿佛从童年起我们就是同桌，受了一样的罪，教室就像我们的监狱。那一刻钟真是精彩绝伦，因为我觉得自己讲得贴近事情真相，讲得很振奋。我讲完时，听众对我表示赞同，尤其是那些带孩子的母亲和学生。

弗朗基诺却忽然站起来，走到一边去了，他的支持者围在他身边，这似乎让他很厌烦。我暗自希望我说的话没伤害到他，我跟那些担心孩子未来的爸爸妈妈、爷爷奶奶聊完之后，走到他旁边，真诚地跟他打了招呼。我察觉到，他觉得这有些荒谬。我？跟他？打招呼？他向我投来一道惊异的眼神，有些犹豫不决，他好像一方面想对我冷脸相对，一方面又急于对我说点什么。我们刚才肩并肩坐在听众的面前一个小时，他半句题外话也没有，但现在却迫不及待想和我交流。

"你要走了？"

"是呀,很晚了。"

"你等一下。"

"好。"

他拿着外套,跟我走到了车子旁边。他轻声说:

"你生气了吗?"

"生什么气?"

"我刚才太夸张了,我不知道自己为什么那样。很久以来,我觉得自己心里都有一种怨恨。但请你相信我,我不是这样的,至少我不愿意这样。今天晚上,你讲话时,我一直都在问自己,是什么促使我说出了那些话?我像那样讲话,原因究竟是什么?实在对不起。"

"根本没必要道歉,你说的那些话引起了我的反思。"

我推心置腹地跟他交谈,至少我是这样觉得的,我感觉很好。他的懊悔,因为内疚而表现出来的混乱,也让我感同身受,我为此感到高兴。我握了握弗朗基诺的手,把我的电话号码给了他,我嘱咐他说:保持联系,我们找个时间,见面再聊聊。

总而言之,那天晚上过后,我不仅像往常一样对自己感到满意,而且有了一种笃定的感觉。公众赞同我的每一句话——没有任何批评,没有任何分歧——我总是担心,像特蕾莎跟我说的那样,这些赞同是无力的、靠不住的。这次活动过后,我觉得自己不太可能会变回原来那个自己:混乱、无理、古怪、猥琐、下流,还经常出轨。但我想,特蕾莎制定的威胁与拯救方案，只是一种天马行空的方式，为了维系我们之间的关系，但实际上这对我们的本性没有任何影响，肯定不会影响我的本性。总之，我头一次对自己说：也许出于一些我懒得去想的原因，我从小就误解了自己，我的本性可能一直是向善的，我只是像很多人那样，像那些普通人和伟人，在年轻时走上了歧途，最后又重回正轨。因此我现在要做的是——同时，我也写信告诉了特蕾莎，好像她真是我深爱的妻子，我的任何想法和感情都可以向她倾诉——从现在开始，我的目标不再是简单顺着正道走下去，留心不偏离正轨，我已经不满足于此，现在，我想永远保持我在郊区小会堂里的状态，一个完美的我，那么得体，这和我心目中的自己完全吻合。

二十四

我尝试坚持这个目标。与此同时，因为换房子的事情，娜迪娅跟蒂尔德、依特洛越来越熟悉，尤其是在依特洛的妻子——伊达的促使下，我们决定搬家。伊达是个技艺比较高超的钢琴师，工作却很闲，她身材消瘦，总是穿着黑衣服，好像已经守寡了一样。现在我妻子完全变了一个人，生了三个孩子之后，她一开始变化还不明显，但后来变得越来越果断，成了一个充满能量的女人，对我的朋友和熟人很热情，逐渐展现出她实干的一面。多亏了她，我们告别了位于郊外、诺曼塔纳街尽头的房子，在台伯河河岸的弗拉米尼奥街租了一套公寓，离依特洛的豪宅只有几步之遥。起初我们很不适应，后来一切都越来越好，甚至为适应新环境而受罪的爱玛、赛尔乔和埃尔内斯托，也觉得我们的日子变好了。现在我们住在一栋很敞亮的房子里，两个男孩分享一个漂亮、宽敞的房间，爱玛有一个自己的小房间。娜迪娅选了一间面朝台伯河的房间当作她的书房；我得到了一个狭窄的阳台间，在阳台栏杆之外，进入眼帘的是天线、屋顶的瓦和烟囱，俯瞰到的是一个幽暗如深井的小庭院。

我们在郊区那所学校继续工作了一段时间，但这在搬家后变得很不方便。当时家里的事很多，我们早上五点半起床都不够早。但依特洛对这件事很上心，他很快想办法把我调到了市中心一所有名的高中，把我妻子调到了我们家附近的一所职业高中。因此，我有些伤感地离开了以前教书的地方，我从二十四岁开始就在那所学校教书，我在那里认识了十六岁的特蕾莎，我教了她三年，我在那里遇到了娜迪娅，那时她还梦想着去大学教书。

在新学校，同事一开始对我很客气，后来开始对我抱有敌意，但最后，他们很快对我产生了好感。当然，还是有一些老师和学生对我心存敌意，尤其是当我发表文章、抨击这类师生时，那种敌意可能会加剧。在那些文章里，我批判了在工作和学习上不认真的人，各个社会阶层的人都有，有的是机制造成的，有的是个人的问题。在那个阶段，发生了很多让人震惊的事，首先让我自己感到震惊的是，弗朗基诺给我打电话了。在我几乎就要忘记他时，他忽然打电话给我。我们见了面，一起喝了啤酒，长谈阔论，从那以后，他每隔一两个星期就会来找我。我们熟悉起来了，有时他甚至出现在我教书的学校里。正是在学校，我才发现他其实很有名，因为工会的政治工作，他声望极高，支持他的是那些只要我一不小心，就会严厉批评我的人，弗朗基诺屈尊在学校门厅跟我聊天，这让那些人觉得不可思议。有时候，会有人靠近我们，用恭敬的口吻打招呼,在一旁听我们谈话,有人会有些迷惑地问我:你认识他吗?你们是朋友吗?一时间大家有些混乱。我是谁?一个反动派、一个志同道合的朋友、一个真正的工会党员?有些人马上改变了对我的看法,重新调整了对我在政治派别上的划分。只有当弗朗基诺在公共场合,对我和我写的文章表示称赞时,其他人对我的看法才有所好转。就这样,我在短时间内完全适应了新学校,而且我得说,我和之前诋毁我的人关系也极好。

在写给特蕾莎的书信里,我讲了很多弗朗基诺的事。她在回信里提醒我,以前我那些真挚伟大的友谊,结局都很糟糕。这其实是我告诉她的:我之前那些友情是如何快速发展,同样又是如何快速消亡,甚至她也亲身见证了其中两段友情的开始与结束。她说得有道理,弗朗基诺黏上我,这并不新奇,我总是能激起别人这种反应,无论男女,都想和我建立一种牢不可破的关系。从童年开始,我就经常被当作一个不可缺少的人,我的朋友、玩伴都想独占我,他们变得很折磨人。但后来发生了什么呢?好像所有人被这种紧密的联系吓到了,他们通过不同的方式,突然之间就与我断开了,他们从来往亲密的朋友,变成了记忆中模糊的影子。同样,跟我发生恋情的女孩会遭受更大创伤,我大多数的恋爱都以痛苦收场。而男性朋友会直接说:我们最好不要再见面了。没什么特别的理由,收场总是令人始料未及。

这种友谊的发展趋势让我很受伤害，让我惶恐不安。我觉得他们对待我就像对待一本书，一开始我能激发他们的兴趣，后来我逐渐满足不了他们的期待，甚至情节发展让他们厌烦。我母亲——我是说我亲生母亲——不也是这样对我的吗？我是她最喜欢的孩子，但在我们家，爱不足以抵消焦虑和不安。我父亲认为她不忠——他像着了魔一样——并不断折磨她，对着她叫嚷。我母亲毫不示弱，也大喊大叫：你根本就是胡说，你真是个疯子，无中生有。他们各自的痛苦让我很苦恼，让我很早就学会疏远他们，淡薄他们在我心中的形象，抹除我对他们的爱。这让我在没意识到的情况下，抹除了对所有人的爱。我记得，早在八九岁时，我就已经心灰意冷了。我想，如果我母亲是个婊子，父亲就不应该只是大喊大叫，而应该杀死她；如果母亲不是那种女人，父亲就该停止折磨她，不然我就会拿起切面包的刀子，趁他睡着时杀死他。那时候，我一会儿看见父亲的血，一会儿看见母亲的血，但我心中没有任何波澜，只是远远望着。我隐约记得，在二十世纪四十年代，也可能是五十年代前几年，有一次在那不勒斯我们家破破烂烂的厨房，母亲从我的眼中或嘴角的表情看到了某些东西，她说我吓到她了。我吓到她了？我？其实是他们吓到我了。那段时间，我承受了多少痛苦啊，但我把痛苦压制在心中，直到让它窒息。有时我在母亲身边转悠，看她会不会抚摸我，可在我的记忆里，一次也没有。

但现在，在八十年代，我身边的人没人想离开我。我的三个孩子一直在找我；人们依然会读我以前和现在写的东西；依特洛对我情深义重；蒂尔德很爱我；男女老少的朋友来我的新家拜访我，他们都是仰慕我的人，每个人离开时都依依不舍。尽管弗朗基诺以前讨厌我，但他现在抓住我不放。他来我家时，习惯在其他客人离开后至少一个钟头再告别。有一次他亲切地问我：

"女人呢？我要是你的话，不知道会有多少情人。"

"我没有情人。"

"从来没有？"

"从来没有。"

"那些整天围着你转的太太小姐里，一个也没有吗？"

"一个也没有，我对我妻子很忠诚。"

那是一个漫长的时刻，他盯着我，满脸疑问，不知道自己是否应该继续问下去。

"你妻子呢？"最后他问我。

"我妻子什么？"

"你妻子对你忠诚吗？"

二十五

我不喜欢这个问题。娜迪娅竭尽全力,想融入我周围逐渐形成的氛围,我很感激她,但她表现出的殷切,有一种让我不安的东西。我想说,她一直都很高调,强调我们的生活多么成功。有时我甚至会想:她在骗自己,她根本就不这样想。可能,她今天为我不断取得的成就感到高兴,明天她又觉得,我为一些大型报纸写稿,会给我们的家庭生活带来麻烦,她知道是什么麻烦,而我却很愚钝,一直感受不到。所以我总是小心翼翼避开她的快乐和忧愁,有一天,我忽然明白:我侥幸取得成功,她会欣赏我,但条件是我还是原来那个默默无名的教书匠,这真是矛盾。

说得更清楚点,我妻子担心我实现自我,成为我想成为的人。一直以来,她对新事物都很警惕,但现在发生在我身上的新事物,让她更警觉了。她觉得,我的成功会威胁到我们的婚姻、孩子的生活,尤其是,我的成功是一件对不起她的事:我从来没有雄心壮志,却受到命运眷顾;而她满腔抱负,却只能退居幕后,她无法向我证明,在数学的领域她其实很优秀。所以怎么说呢?那就好像娜迪娅看到自己胸前没有勋章,她想把我胸前的勋章扯下来,以免我们的关系过于失衡，走向溃败。有时她在监督我，似乎是想证实我不配得到这样的优势。她如果没有像我一样做好自己的工作，她如果不能像我一样在公共场合受欢迎，如果爱玛、赛尔乔和埃尔内斯托也更爱我，那么原因就是我戴在自己头上的光环。我觉得她时而暴躁，时而温柔，时而冷淡，时而蛮横，她的喜怒无常让我也备受折磨。可是我有太多事情要做，没时间帮她减轻痛苦。

但放任自流从来都不是办法，在有些时候，我也发现了她一些不同寻常的举动。出于一种老习惯，我会滔滔不绝跟她讲我景仰的那些人，她通常都不是很在意。然而，不知道从什么时候开始，任何一个欣赏我、我也欣赏他的人，在娜迪娅眼中会变得格外瞩目。符合这个标准的人会勾起她的好奇，她梳妆打扮，开始跟我欣赏的人长时间谈天说地，她眉开眼笑，用崇拜的眼神盯着他，听他讲话。她关注的人不一定是新来的、魅力四射的男人，她甚至在依特洛面前也是这样表现。而依特洛简直发疯了，他无法相信，来往这么多年后，这个聪明漂亮的女人居然会对他格外上心，想跟他这个头上没几根头发、腿有些不方便的瘦弱老头一起散步、看电影、听歌剧或听演唱会。娜迪娅和依特洛突然走得这么近，依特洛的妻子变得更闷闷不乐了，她开始说一些含沙射影的话，期望我能出手，把我妙曼的妻子从她枯瘦的丈夫身旁拉开。

但我一根手指都没动。特蕾莎给我写信，开玩笑说：

你想干吗？你是不是要挑战那个猥琐的教育家，扇他耳光，跟他决斗，等他到了没人的地方，割断他的喉咙？你仔细想想。依特洛勾引你妻子了吗？强迫她，对她动手动脚了吗？没有。另外，假设他真这样做了，现在你读这封信时，你真的很生他的气吗？他犯的错，你以前跟那些有夫之妇、有男朋友的女人犯过一百次，我们在一起时，你本来应该对我忠诚，但你还是勾三搭四。因此你应该保持沉默，放松自己，搞清楚情况：你妻子为了向你证明欣赏你的人更欣赏她，她愿意跟任何人上床；而那些盲目欣赏你的人，为了在你面前不那么自卑，他们也愿意跟你妻子上床。

还是她往常那些犀利的话，特蕾莎总是在讽刺我。可我认真读这些话时，我觉得她说得有道理。娜迪娅并不是随便跟什么人都亲密，她只是跟那些跟我来往、我欣赏的人，他们外貌上没有任何吸引力，都是做了一辈子学问、身体孱弱的老学究，或者被大胆的教学实验搞得焦头烂额的教师。我之前的女学生在信里挖苦我说：看看你现在的处境，你身高一米九，一头浓密的金发，下面的"森林"也是金色的，一双天蓝色的眼睛，却让人惊奇地长着黑色的长睫毛，人们渴望你、爱你，为了留住你、占有你，以至于那个卑微的女人让别人进入自己，其他人通过她来进入你。

但这个说法也站不住脚，特蕾莎自己也推翻了它。果然她换了种语气，写信对我说：不说那些二手的心理分析了,最严重的问题在你身上。她继续说:你总说自己不吃醋,但你在说谎,简直是恬不知耻,你只允许自己背叛别人。要是别人背叛了你,即便只是猜测,也会让你抓狂,你以为我忘了你是怎么折磨我的吗?因此她开始捍卫我的妻子:娜迪娅不过是想表现得友好、热情,是你脑子有病,无中生有,你要小心。

在有些信里,她真的想帮我冷静处理好当时的问题;但在有些信里,她会发火,会威胁我,她从大洋彼岸寄来的信,像恶鬼的声音一样在不断折磨着我。在那段波动不安的日子里,童年、青少年、过去生命里最糟糕的时刻,都会一次次在我脑海浮现,我再次感到对自己难以抑制的厌恶。我开始想:我要做我应该做的,找个情人,用背叛回应背叛。但我很快就陷入了抑郁,我打消了那个念头。我告诫自己:不要说没意义的话,如果我以牙还牙,又能改变什么?问题在于,娜迪娅究竟有没有背叛我。就这样,我睁大眼睛留意眼前发生的一切,我开始仔细观察我妻子:她的友好举动,深情款款的话,对别人的过度关注,还有在欢乐客气的话语下隐藏的欲望。然而,没有任何显而易见的证据证明她背叛了我。有一次,我失去了理智,我给特蕾莎写信说:"如果我发现娜迪娅背叛我……"我收到一封反应激烈的回信,信很长,特蕾莎直接问我:那个省略号是什么意思?你想说,如果她背叛了你,你就杀了她?也许是那样,我很快给她回了信,我小时候就暗地里期望我父亲这样做，我长大成人了，为什么不能建议自己也这样做呢？特蕾莎回复我，这次她没有开玩笑，没有讽刺，没有训斥，而是用一种她很长时间都没用过的严肃语气说：这种事情，如果你不知道后果，你连想都不要想。

是的，我清楚后果。我开始控制自己，审视着娜迪娅的狂热举动，抑制自己的过激反应。但同时，我担心我这样克制自己，我童年快结束时体验的冷漠又会重新回来。那次，我母亲在家里跑来跑去，躲避我父亲的追逐，她大喊着说，她要从窗户跳下去。我父亲跟在她身后，对她破口大骂，而我在剪纸，一秒钟也没分心，我在旁若无人地剪纸人，我给纸人画上眼睛、嘴巴、格子衬衣、短裤、靴子还有系在腰上的子弹带，那是一个牛仔。不，我可不想倒退回去，我想找到一种新平衡，我要好好反思一下。我强迫自己成为一个值得信赖的丈夫，而娜迪娅也许正在变成一个背信弃义的妻子，我真的可以找到理由，用我的忠诚对抗我妻子可能的背叛吗？不，我的忠诚不取决于我对她的爱，而是——我对自己坦白——产生于另一种更牢固的忠诚，是对特蕾莎的忠诚。事实上，尽管我很多年没见过她了，但时间过得越久，我越觉得，我和那个身在远方的女人关系更紧密。在我内心，我已经戏谑地称她为我精神的伴侣。娜迪娅是什么？一个惋惜过去的女人，她爱的是过去的我，为了不被我现在的身份压垮，她转而关注别人。特蕾莎却一分钟也没放开我，虽然她的生活很充实，她很活跃,事业成功,在全世界都获得了声望,但她一直都盯着我,打理我,梳理我,清洗我,奖赏我,想用这种方法把我打造成一个完美的男人,那是多年前她就想要的,而我却做不到。

另一方面,我是娜迪娅的丈夫,这是事实。这个事实让我感到很可笑,就像其他丈夫那样可笑,但有时也会让我非常痛苦,以至于站立不稳,我就像是个被蛀虫咬坏的工艺品。她对我说的一些话让我很受伤,我想摔门,砸东西,然而最后我只能忍气吞声,折磨自己。

"你去哪里了?"

"书店。"

"楼下那家?"

"去了'台伯岸'。"

"你就这样穿得跟歌女似的,在书店待了四个小时吗?"

"那儿有个图书推介会,是斯特凡诺的一个朋友写的书。"

斯特凡诺当然就是依特洛,在家里,包括孩子,都叫他的姓,只有娜迪娅最近开始叫他的名字,用一种很娇媚的语气。

"为什么你没告诉我?"

"我以为你知道。"

"我不知道。如果你跟我说了,我们就一起去了。"

"可能斯特凡诺只想邀请我。"

"也可能你只想自己一个人去。"

"就算是呢？拜托了，你总要留点空间给我吧。"

"我给你太多空间了。"

"你？你无孔不入，占了所有空间，我就不能拥有自己的生活？"

"什么是你的生活？一个没有我的生活？"

"你现在也学会吃醋啦？"

"吃依特洛的醋？别开玩笑了，依特洛就像是我父亲。"

"但你一直都很恨你父亲。"

"你说什么呢？你对我的童年、青春期了解多少？算了，不说这个，推介会怎么样？"

"那个作者像条咸鱼，但依特洛的表现很出色。"

"那当然。"

"是的。"

如果不想崩溃，我觉得我应该做些什么。我开始不对任何人说溢美之词，尤其是我妻子在场的时候。我的表现无可指责，仔细想想，这让我自己也有些不安。有时候，我也会说一些刻薄的话，散布恶意的流言，甚至是针对我依然敬爱的依特洛。与此同时，我学会了视而不见。我通常会往远处看，在不知不觉的状态下，我会不断自省，也会揣摩别人的面孔下的东西。为了让自己好受一点，为了让别人、让娜迪娅好过一点，我强迫自己装瞎。我到底在说什么呢？我是个幸运的男人，我说的那些刻薄的议论，经过一种假装若无其事的善意的过滤,让大家更喜欢我,更尊重我了。在那个时期,弗朗基诺跟我的关系尤为紧密,他比以往任何时候更与我来往密切。娜迪娅很快就搭上了他。一天下午,她也在场,弗朗基诺建议我加入一个左翼激进党派,他是那个党派主要人物。他跟我解释说,他计划和我一起参加下一届的政治选举。

"完美的组合!"娜迪娅惊叹了一句。

她的衬衣有两颗扣子没扣上,我皱着眉头看着她,我用责备的目光看着她胸部的皮肤,她假装若无其事。

二十六

那段时间，痛苦折磨着我，我害怕自己变得粉碎，让人生厌。然而一切越来越好了，在学校里，在我参与的宣传活动中，在座无虚席、讨论激烈的研讨会上，一切一帆风顺，我进入议会的过程也很顺利。弗朗基诺希望我成为议员，也许我也希望如此，但整个程序很复杂，我参与了一场电视上的政治讨论，表现很让人瞩目。但这一切都没有什么用，我内心的一个角落里，还是充满沮丧，随时会陷入抑郁。我写下无数文章，关注学校的命运，揭示不平等带来的破坏性后果，提出最有效的教育方式是情感教育，我的思绪、我的手、我的手指和跷着的二郎腿，有什么是真实的？我说的"真实"，是指我绝对相信的东西，而不是像看小说或看电影那样，明明知道是虚构的，还全神贯注投入其中。

一天早上，我有点发烧，没去学校，整个人懒洋洋的。我透过狭小的阳台间玻璃窗，看着外面的房顶、鸽子、乌鸦、海鸥和天空。天空中布满乌云，我想打起精神，我想：到目前为止，一切很顺利，尤其是几个孩子，他们很出色，让我很满意。可这并没有使我振作起来。我身上有什么让爱玛、赛尔乔、埃尔内斯托喜爱的东西？我是用真相还是用谎言笼络他们？我为自己感到骄傲，这是因为我在几个孩子面前展示得特别好？还是因为我在他们面前伪装得特别好？

我希望我不再有什么需要隐藏的了，我已经彻底成为一个好男人。尽管只要特蕾莎还在那里，我就得时刻提防着她，如果她介入我的生活，会把一切都毁掉，那就像人行道上用粉笔画的画，下雨时，行人的鞋子会把颜色、雨水和脏东西搅和在一起，把那些画抹去。一段时间之前，她训斥了我，因为我当时很鲁莽，我向她坦白了我对弗朗基诺和娜迪娅的厌恶。在给她的回信里，开始我想解释我厌恶他们的理由，但后来我生气了。我写道：你不能凭自己的想象来批评我，有时候你让我特别生气，我甚至想坐飞机来割断你的喉咙，而不是对我妻子下手。好几个星期过去了，她没有任何回应。没什么好让人忧虑的，特蕾莎从来不会写很长的信，她也会经常消失，好久不联系。最后我收到了她一封信，她狠狠训斥了我一番，但表面上不是因为我一时生气说的那些血腥的话，而是因为一件很小的事。她之前告诉我，她要来欧洲参加几场研讨会。我说：告诉我在哪儿举办，我去找你。就是这件事让她突然发火了：你这是什么口气？你凭什么来找我？以什么身份？你是我什么人？我又是你什么人？你有你的生活，我有我的生活，你想干吗？你凭什么威胁我？我们之间不仅没有爱，连恨也没有，我们之间什么都没有。从这以后，她再也没写信给我。

现在我很想念她，尤其在我疲倦虚弱的日子里，比如我发着烧，思绪混乱的那天早上。最近我不抽烟，也不喝咖啡了，吃晚饭时，不再像往常一样喝杯葡萄酒。我戒断了这些小小的积习，这成了我保持警惕的方式。尤其是，我突然想到自己的过去，我想的不是指发生在我身上的事，那些令人满意的成就，而是想到我的生命——我有意识地活在这个世上，不知道可不可以这样说，"我"像一枚螺栓一样，掉落在宇宙装置中。我问自己：我一直掌控的生活，我用教育和教养提升的生活，这究竟有什么意义？我千辛万苦，让我的生活变得完美，我会得到什么人世的好处，或者天国的奖励呢？想到这些，我就昏昏欲睡。我看看表，十一点三十五了，娜迪娅和三个孩子还在学校。外面刮着秋风，虽然很冷，但我还是出来站在小阳台上。我看了一眼飘着朵朵白云的晴朗天空。我把身体伸出阳台，看着下面。我不知道特蕾莎在哪里，在这个世界的哪座城市。到目前为止，的确，我是个幸运的男人，我大部分好运是她带来的，尽管她越来越让我害怕。我想：假如她现在忽然出现在这里，她会不会推我一把？

第二章

一

我是一个棘手的女人。这是我的性格、职业还有我受到的教育决定的，它们让我成为一个很麻烦的女人。这些年里，我赶跑了两任丈夫，我四个女儿——我只生了女儿——对我的爱很淡漠，对我的恨却越来越明显，在所有我工作过的编辑部里，我是大家的眼中钉，但对于那些喜欢有反抗精神的记者的读者，我会给他们带来乐趣。这次我知道我又会制造麻烦，因为有跟我关系很好的人——我不会透露他的名字和职务——告诉我，现在全国要搞一个"学校教育日"，会涉及各个类型、不同等级的学校。共和国总统成立了一个委员会，正在确定一份教师名单，从中选出三人，在教育日那天授予他们荣誉。

我得承认，如果那只是一个政府的宣传活动，我根本不会在意。但首先，总统会参与这个活动，他是我很崇拜的人，是极少让我敬重的老年男性之一；我马上也想到了我父母，他们俩都是教师，这让我很骄傲。除了我和两个弟弟，他们教育和影响了许多孩子，如果没有他们，那些孩子可能很难成才。因此我问那个朋友：

"名单已经确定了吗？"

"不知道。"

"你能打听到吗?"

"这有点难。"

"帮个忙吧。"

"我试试。"

"如果名单确定了,我想要一份。"

没过几个小时,他弄到了名单,他给了我一份,上面有二十八个名字。我好奇地浏览了一遍,甚至还带有一丝紧张,我发现上面什么人都有:政治家和知名演员的妈妈,导演和作家的爸爸,电视节目里著名厨师的姨妈,唯独没有我父母。这马上激发了我爱找茬的天性,我对给我通风报信的人说了一番义愤填膺的话。他有些厌烦,我们说再见时,他还嘱咐我:爱玛,我一直在帮你,可你不能对任何事儿都这么较劲儿。总之,如果你非要捅什么娄子,别把我带上。

他的语气让我更愤怒了。名单就在我手上,除了两个我非常熟悉的人,他们真为学校教育做出了难以磨灭的贡献,其他人仅有的贡献,就是生出了那些自以为是、夸夸其谈的人,那些当红的小明星,或者和一些名人有血缘关系。我和朋友通完电话,马上就打给了总统秘书处。我平时都是和路易莎联系,她人不在,接电话的人我不认识。我说:我手上有你们的"名师"单子,可里面没有彼得罗·维拉,真是太可耻了。跟我对话的人像个鹦鹉,他问:

彼得罗·维拉是谁？我让他马上把电话给总统。他回答我：总统没时间可以浪费。我回答他说：总统不是像您这样的白痴，他知道我是谁，他会乐意跟我通话。总之，要么您马上把电话给总统，要么明天这份名单就会上报纸。我没等他答复就挂掉了电话，我知道怎么对付这种人。

两分钟后，路易莎打来了电话，她向我道歉。她很客气地说：爱玛，你有什么事要跟我说吗？我对她说，我其实根本不在意那份名单，那二十八个人是谁，我觉得无关紧要。但我觉得，给意大利学校增添光彩的三位老师中，我不说我父母亲都应该列入，但至少应该有我父亲。他当之无愧，他现在年近八十，退休快十五年了，他曾经是一位很著名、很受人爱戴的教师，还写过两本对学校教育很重要的书。

"你父亲叫什么？"

"路易莎，别装傻，他跟我一样，叫维拉。"

"我是说名字。"

"彼得罗。别告诉我你不认识他，你也六十岁了，你应该记得他。"

"我当然记得，但时间过得太快了，事情在不断变化。如果现在有人跟我提到'维拉'，我会想到爱玛，而不是彼得罗。你提醒我一下，他写过书吗？"

"写过两本书，流传很广。"

"我记下名字了，看他们会不会把你父亲放进名单。"

"二十八个人的名单，会变成二十九个？"

"是的。"

"路易莎，我父亲有资格成为获奖的三个人之一。"

"获奖需要经过评选，总统亲自制定了标准。"

"那我们一起听听。"

她向我罗列了那些标准，客观来说，要求很严格。最后，她跟我解释说——也许她是从什么文件里引用的：另外，如果能有一位成就非凡的学生出席颁奖典礼，这很可能会起到决定性作用。这个学生要出席活动，赞美教育过、引导过他/她的人。

我沉默了几秒钟，然后说：

"你听说过特蕾莎·夸德拉罗吗？"

"那个女科学家？"

"对，就是你知道的那个。我父亲是她老师，把他放进名单吧。"

二

路易莎经常跟一些比我有权势、比我专横的人打交道，但她毫不胆怯。另一方面，说实话，我很快就为自己的无理取闹感到羞愧。我那样做，明显也是为了一己之私，跟那些把自己父母和祖父母的名字放进名单的儿孙没什么两样。通话快要结束时，我们俩又相互表达了敬仰之情，我为我的过激言行道歉，但同时我希望能够严格执行评选标准。她问我要了一份我父亲的简历，承诺会在评选委员会上支持他。

我盯着电脑屏幕看了一小会儿，感觉心情很差。我还是像以前那样冲动。我不应该自己主动推举我父亲，我应该找一个可靠的人，让他有理有据地说明我父亲的成就，然后建议把他列入候选人名单。然而，我想都没想就打了电话，我猜，路易莎现在正用我最讨厌的方式谈论我：这个维拉还是老样子。她以为她是谁啊，喜欢指着鼻子教训人，但她还不是和其他人一样，为了自己的利益求人帮忙、不择手段。

我求人帮忙？我不择手段？如果这件事传到了我父亲的耳朵里，说我求人、不择手段就是为了让他得到那该死的荣誉，那他得多难过啊。那我应该怎么办，保持沉默？顺其自然，不去斗争，父亲的成就会得到应有的承认？不，我对自己说，我应该斗争，就算这会让他难过，我也应该争取。他一直都在斗争，让所有人的成就、对社会的贡献都得到承认，尤其是那些极其微小但通过巨大努力才取得的成果。为什么现在在他年老时，不能让他的成就也得到承认，尤其是，他做的事情很伟大，无可厚非！

其实，我不用编造什么，也不用夸大。我父亲本来就是一位杰出的教师，为他辩护是对的，我完全不用觉得尴尬。当然，特蕾莎·夸德拉罗成了一个著名科学家，她是我父亲工作卓有成效、不容置疑的证明。但其他学生怎么样呢？他们毕业后数年、几十年，还来我们家拜访他，几乎像一种朝圣。他们当中的许多人我都记得，我小时候、青春期时，直到我离家前，都见过不少。他们对我父亲的感激之情给我留下了深刻印象，而我讨厌我的老师，他们碌碌无为，情绪反复无常，我毕业之后，从未想过向他们致敬，一次也没有，短短的几分钟也没有。所以可想而知，我看到父亲那些学生绵绵不断的感激、永不褪色的崇敬会让我多震撼。最近我去父母家，正好遇到了我父亲以前的一个学生，他来问候他的恩师，一起聊聊。我小时候见过他，从前他是棕色头发的帅小伙，现在成了一个六十岁左右、两鬓斑白的老男人。我暗地里观察他，他专心致志听我父亲讲话，还像个小男孩一样。现在，我坐在电脑前回想起那个场景，我觉得很重要。我的心情没变，还是郁郁不乐，但我的想法变了。我咄咄逼人地让路易莎明白，我很重视评奖的事，我这样做是对的。也许我应该告诉她，我想跟总统碰个面。我说的是认真的，我要尽快见到他。我并不是跟总统特别熟，我只是几年前采访时见过他两次，一次是关于政治局势，一次是关于痛苦体验。第二次采访时，我们才有点熟悉了。路易莎当时在场，采访发表时，我的报道让总统很满意，我得到了一张感谢卡。因此，我想象她如果对总统说爱玛·维拉想跟您谈一谈，他会安排时间，说可以。我甚至暗想另一种可能，当然是好事儿了。总统跟我父亲的年龄相仿，一样受人尊敬，彼得罗·维拉这个名字，他应该不会感到陌生。因此我很容易就向他解释，我不是因为他是我父亲就胡搅蛮缠，而是要求客观承认他的成就。总统先生，我父亲是一名执教四十多年的教师；总统先生，我父亲曾是一些重要报纸的撰稿人；总统先生，我父亲曾是一位杰出的学者；总统先生，我父亲曾经是一位满怀热情的政治家；总统先生，我父亲曾多次作为参谋，为教学改革出谋划策，许多无聊、沉闷的教育部长找过他，我可以把他们的名字给您列出来。

　　想到这里，我停了下来。"我父亲曾是"这个不断出现的过去时排比让我热泪盈眶，我从来没有反复使用过这种表达。平时我想到父亲，用的都是"现在时"。即使我想起几十年前的事情，我也觉得像是现在。几十年前，他经常离开家去出差，回到家时总是很疲惫，但无论如何，他都能找到时间，陪伴我和两个弟弟。在我眼里他一直年轻高大、光彩照人，仿佛他金色的头发、眼眸，甚至手指甲都在散发着光彩。那是一种永远都存在的"现在"。我现在感到孤独和脆弱时，那就像他当时离开家时的感觉；我现在感到幸福坚强，就像他回到家，回到我身边的感觉。但不可否认的事实是：我父亲的辉煌人生已经成为过去，他的表现和态度也是这样，他觉得名气是身外之物，难以长久，不会伴随他到暮年。因此我意识到，假如在总统面前，我只是列出我父亲做过的事，他并不会觉得我父亲的人生有多么了不起。总统办公桌对面有一张金边蓝布的沙发，我会坐在那里和他交谈，我应该马上罗列出我父亲拒绝做的事。总统肯定就会问我，可能只是用眼神暗示：为什么一个这么成功的男人，忽然停下了脚步？他会问我这个问题，因为总统自己从未停下脚步，所以现在他是总统，而我父亲不是，他只是待在自己家里，什么都不是。我会很艰难地跟他解释，这是一个道德问题。我父亲是世界上最客气、最热心的人。要教书吗？那就教书。要写书吗？那就写书。要为报纸撰稿吗？那就为报纸撰稿。要进入政界，参加选举吗？那就进入政界，参加选举。要为思想开明或比较开明的部长充当顾问吗？那就为思想开明或比较开明的部长当顾问。这些事情中的任何一件，他都带着热情和智慧投入其中，这是他待人接物的方式，他传递给了我，我也这样待人接物，只是针对少数值得我这样对待的人。但当他第一次面对肮脏的利益交易，有人要他卑躬屈膝时，他就后退了，还是一如既往的君子。他这样做并不是出于傲慢，他对那些甘于与世界同流合污的人怀有深切的同情，对于那些迫不得已堕落、苟活于世、只追求庸俗享乐的人，他甚至对他们遭受的痛苦也表示同情。我会说：总统先生，我有一个了不起的父亲，他内心的纯真从未被肮脏的现实玷污。因此他从来没担任过什么官职，他只是把自己的时间花在学习、写作上，他要么在小书房做学问，要么在照顾我的母亲，他们俩也是相敬如宾。我和两个弟弟都很爱他，我们都极力满足他和母亲的要求。您想找到一个具有同理心的模范人物吗？那就是他。"同理心"这个词被潮流淹没，但它一直都是对抗世间凶残之事的灵丹妙药，很难找到一种真正的、毫不伪装的同理心。我父亲极富有同理心，他为我们做出了表率。作为子女，我们生活的目的就是极力靠近他，至少是不做任何让他难过的事，特别是现在他已经老了。

但我明白，我父亲这种婉拒和退缩是个雷区，我的说法可能会站不住脚。不幸的是，我不像他，他有力量拒绝恶，就像他有能力理解恶。在我身上，这种秉性变成了一种过激的抵触，首先让我自己很不安生。因此，假如我真的可以跟总统交谈，危险就在于：我为了捍卫我父亲——一个退出舞台、躲避权力的男人，可能会冒犯到另一个没退出舞台、还担任着国家最高职务的老人。所以,我最好只是给路易莎准备一份彼得罗·维拉的简明履历,希望委员会某个正直的成员会看到,或者它直接出现在总统的办公桌上。再说吧。如果我父亲最后没有在三个当选者之列,那他们就等着瞧吧。

三

我准备好了我父亲的简历，通过邮件发给了路易莎。后来的日子我工作很忙，遇到了许多麻烦，我不仅没时间关注我父亲评奖的事，我连几个女儿也顾不上管，也没有时间理会那个几年来跟我关系复杂的男人。

之前给我通风报信的那个男人，他给我提供了那个二十八人名单，我现在也没空搭理他。我们上次见面，他用一种很讨厌的讽刺语气对我说：你杰出的父亲进入了名单，但"杰出"这个词掉价了，入选的老师不再是二十八个，而是变成了五十多个。我一点也不惊讶：我敢肯定，候选人的数目会继续增加，名单上会挤满越来越多没什么成就的人，最后为了避免那些有权势的人之间产生冲突，他们会把这些没有工作热情的平庸教师召集到总统府的某个大厅里，给所有人颁发一枚小纪念勋章。他给我带来了这个消息，让我一下怒火中烧。我希望那个活动能保留一点体面，我希望我父亲能够在一个盛大的场合得到嘉奖。这个给我报信的人叫西尔维奥，他的语气让我很生气，跟他待在一起的欲望马上消失了——尽管我们有一阵子没见面了，我很希望我们俩保持友好的关系。"你杰出的父亲""杰出掉价了"？他怎么能这样和我说话？通常我已经很难放松下来，我很难感到一丝愉悦了，如果有什么东西冒犯到我，我连碰也不会让他碰我。

"你在开玩笑吗？"我问他。

"没有啊。"

"那你就小心点，别再这样说我父亲。"

"我说什么了？"

"算了。"

我穿好衣服要走，虽然他好话坏话都说尽了，尽力挽留我。他拉住我一只手腕，掷地有声地说：你出了这个门，以后就再也别想见到我了。我还是离开了。

一出门我就崩溃了，我大哭起来，无法平静。我哭泣不是为了那个男人，他还算一个很有耐心的人，是我遇到的最有耐心的男人，我哭是因为我累了，我腰酸背痛，觉得心里很麻木，身心俱疲。我对工作、对任何事都全心投入，我没有松紧有度、收放自如的能力。我的身体很可能无法承受高强度的工作，有一天我可能会崩溃，会扑街，他们会把我推到一个垃圾箱旁边，和其他垃圾堆在一起，海鸥在我旁边翻来翻去找吃的。但在这个国家，人们只会反复说：这不是我的错。世人的言行都很不正义，我感觉自己就像耶稣手里的鞭子，他用一条绳编的鞭子将那些商贩赶出了圣殿。我会继续斗争，不会停下来。然而，在像今天这样的日子里，我受不了了，那些让我感到恐惧、备受打击的事,让我渴望找来一把锋利的刀子,我并不是要清理圣殿里的乌合之众,或是针对那些缺乏正义的机关,我想要把自己慢慢肢解。

在工作强度很高的这段时间里,我把几个女儿送到了我父母家,我用几天时间去解决工作上的麻烦。西尔维奥经常打电话给我,但我没接,我并非是对他怀有敌意,我只是精疲力尽了。我接了我母亲的电话,我说:好,我去你们那儿一趟,但孩子还要放在你们那里几天。几个女儿待在外公外婆那里,这让我很放心,我要是和她们一般大小,回到那个家生活,那我也会很幸福。我十八岁离开了家,二十二岁结了婚,那是因为我渴望热烈的生活。我不是那种憎恨原生家庭的人,不是那种讨厌自己的童年和青春期的人。我爱我母亲,真希望别人知道,我有多爱我父亲,我越来越无法忍受这充满战斗的生活。

这是我对我母亲说的话。当她为我苍白的脸色、憔悴的样子表现出担忧时,我漫不经心地说:在这个家里,我很舒适,但在外面我很难受。我打算去跟孩子打声招呼(最大的十四岁,老二十二岁,老三八岁,最小的四岁,我真是没脑子,为什么生了这么多孩子),母亲留在厨房。毫无疑问,她们是跟我父亲待在一起,我走在走廊里,就听见了他爽朗、让人舒服的声音。我停下了脚步,书房门是开着的,他坐在一张旧单人沙发上,我能看到他的侧面。最小的孩子坐在他的膝盖上,其他三个坐在地板上的彩色垫子上。这个场景我见过无数次,父亲正在讲什么东西,也许不是讲述,而是在解释。他以前在我、赛尔乔和埃尔内斯托面前也是这样,他可能讲的是一个机械装置、一件艺术作品、一场战役的进程,这不重要。他解释的过程,就好像将一张有文字说明、彩色画像和细致风景的古老地图,展开在他和几个孩子之间。我的四个女儿静静看着他,我尤其喜欢老大娜迪娜的眼神。外公布满皱纹但依然很英俊的面庞迷住了她。我想:以前我跟她们一样,现在我也想这样,我过早失去了这一切,实在太遗憾了。我的背靠着走廊的墙,假如我像一阵冷风一样闯进那间书房,我知道她们会异口同声地表示抗议。我想象着,最大的两个孩子会做出厌烦的表情,老三很可能会马上把头扭过去,尖声说:妈妈,你走吧。最小的那个会在我和外公之间为难,难以取舍要谁。我几乎踮着脚尖回到了厨房。母亲说:

"你爸爸从来不让她们安静会儿。"

"是她们不想安静。"

"也许吧。"

"再者说,爸爸把她们迷得团团转,你就省事了。"

"迷住她们需要很多精力,你爸爸会累的。"

"我不这样觉得,你看他累了吗?"

"有一点吧,但他就是这样的人,如果没人让他施展魅力,他会更累。"

这时我的手机响了,还是西尔维奥,我走到了阳台上。

"怎么了？"

"你还在生气吗？"

"没有。"

"那你为什么不接我电话？"

"我很害怕。"

"害怕什么？"

"害怕任何事，我害怕一切都会毁掉。"

"我们俩吗？"

"我是说一切，不是我们俩。"

"我要告诉你个好消息。"

"我听着的。"

"委员会里有个人很支持你父亲。"

"这个人有分量吗？"

"好像是的，我看了维基百科，他做了很多事情。"

"他叫什么名字？"

"弗朗科·吉拉拉。你认识他吗？"

我回答说不认识，但又有些不确定。我挂了电话，又走进了厨房，那个名字一直萦绕在我的脑海里。我问母亲：

"你听过弗朗科·吉拉拉这个名字吗？"

她有些不自在地看着我。

"你真的不记得弗朗科·吉拉拉了吗？"

"不记得了。"

"爱玛，他就是弗朗基诺。"

四

我们聊了一会儿这位弗朗基诺。我慢慢记起来,他是在三四十年之前经常来家里的一个人,是那些和我父亲谈论学校教育的人之一。母亲看着我,问我是不是因为工作原因,才对弗朗科·吉拉拉产生好奇。我有些犹豫,最后还是把"学校教育日"的活动跟她说了,但没有告诉她细节,就好像那只是一件很偶然的事。她脸色沉了下来,心情变坏,人也变得更佝偻了,仿佛一朵花冠低垂的花。

"如果这件事不可靠,就先别告诉你父亲。"

"我根本没打算对他说。"

"你知道他是什么样的脾气,好消息会马上让他很激动,但如果没有后续,他可能会很难过。"

"他跟弗朗基诺的关系怎么样?"

"他们没什么关系。"

"为什么?"

她皱着眉头,轻轻摇头,叹息了一声。

"你父亲是一块磁铁,你会不知不觉被他吸引。从那一刻起,你就百分百需要他,但他会把你跟无数其他人放在一起。如果你不想痛苦,就必须离开他。"

"也就是说?"

"后来到了某个阶段,弗朗基诺跟他说:大家最好不要再见面了。"

"所以,他们的关系很糟糕吗?"

"哪里啊,你爸爸跟任何人关系都不坏,包括那些他受不了的人。"

"那弗朗基诺呢?"

"我觉得,弗朗基诺没生他的气。当一个人开始爱他,就不会停下来。"

她说到这里时,我想起了多年前我们的一次对话。那时我二十四岁,已经结了婚,还不想要孩子。因为工作的原因,我去了法国。有一天我在一座城堡参加聚会,我从没见过那么奢华的城堡。我喝了很多酒,跟一个男人聊了起来,他在一家重要的报社工作,而我当时还在一家小报社苦熬。那人三十岁左右,我认识他很久了。他一整晚都在逗我笑,我边喝酒边笑,后来,我第一次背叛了我丈夫。那晚很美妙,非常美妙,但不是性事的缘故。我根本不太在意性的事,我只记得这件事情发生之后那种飘乎乎的感觉,早晨七点钟,我在绿树成荫的大道散步,空气很清新,我感觉自己的身体好像变大了,充盈起来了。但后来那种飘忽的感觉消失了,我开始难受。但那不是因为我对丈夫怀有愧疚,我觉得,在任何情况下,享受生活是我的权利。我害怕的是去我父母家,我肯定,我父亲会马上说:爱玛,告诉我发生什么事。他天蓝色的眼睛可以看透一切,不需要盘问,他平静祥和,却远比其他人看到的多,你会心甘情愿向他坦白每个细节。因为只要跟他说说,你就会觉得心里很舒服,他身上散发出一种让人安心的东西。所以我说了也没什么大不了的,我知道他会像往常一样理解我,会拥抱我。但问题在于,做出这样的事情,我感到很羞耻,不是因为我的所作所为,而是因为我要把发生的事告诉他。就这样,我尽可能避免跟我父母见面,直到聚会那天晚上的痕迹彻底从我身上消失,我的目光不再闪烁。我仍避免跟我父亲见面,但我跟母亲说了那件事。那一次,我说到了出轨,我突然问了她一个很尴尬的问题:你有没有背叛过我父亲?她盯着我看了很久,好像那个问题是一个很严重的侮辱。她用几句很费解的话回答了我:你父亲对我来说必不可少,我绝对离不开他。为了跟他在一起,我不得不无数次背叛他,按照"背叛"这个词所有可能的词义。她没开玩笑,她说了那些话,包括那种奇怪的说法——"'背叛'这个词所有可能的词义",包含着一种我无法想象的痛苦。她一直是个充满活力的女人,用自己的光芒照亮黑暗,包括在最黑暗的时候。我没说什么,我像看见毒蛇一样躲开了,不再提这个话题。

但现在,二十年前的那个答案又回到了我的脑海,我问:

"所以,如果我让弗朗基诺支持爸爸入围,你觉得他会帮忙吗?"

我要联系弗朗基诺这个主意,似乎让她有些担心。她说:

"你不用跟弗朗基诺说,无论如何他都会支持你爸爸。但我觉得,大家最好什么都不做,你父亲现在这样就很好。他每天花几个小时读书、写作,偶尔有人来拜访。我们也会谈天说地,无所不聊。他又一次尝试学习数学,虽然每次什么都不懂。还有,你看见他跟孩子在一起多高兴,几个孩子都很喜欢他。他要那个荣誉有什么用?"

我没回答,我听见我父亲和孩子在走廊里,他们五个人一起走进厨房,看见我在这里都很惊喜,我们度过了一个美好的夜晚。他对我们所有女性都照顾周到,不会冷落任何一个,从最小的到最老的。就在那时候,我生平第一次想,如果我母亲欺骗了他,他也肯定对母亲不忠。他应该在背叛母亲时很谨慎,甚至可能是一种纯粹精神上的背叛,却持久不断。总而言之,我觉得他们俩的爱情很美好,我爱的这两位老人,他们为了能一辈子生活在一起,不得不想出一套办法、一种纯洁的背叛,避免说出这样的话:我们再也别见面了。

我从来都无法将就,无法面对事实,也许因此我才那么疲惫。我回自己家时想:我给父亲争取那个微不足道的奖励,也许对我更重要。因为在我的生活中,一切都很纠结,我想为我爱的父亲争取一项荣誉,他却没有这个需要。

五

我慢慢走出了那段充满紧张焦虑、威胁和冲突的日子。因此,当西尔维奥帮我联系到了弗朗科·吉拉拉,我就给他打了电话,跟他在圆柱广场附近见了面。见到他,我觉得他比我父亲要老,虽然我现在知道他比我父亲小五岁,他跟我母亲一样大。他身材矮小笨重,肩膀宽大,嘴唇很薄,两颊赘肉横生,像白色的波浪一样耷拉在粗壮的脖子上,他脸上没有任何特征能让我回想起他以前的样子。但他马上认出了我——或者他假装认出了我,他眼睛一下就亮了,大声说:爱玛,你跟你母亲真是一模一样。最后他几乎是嘟哝了一句,说:非常美丽的女人。他们经常对我说这句话,总是让我感到有点不舒服,仿佛我无意中失去了跟我父亲相像的机会。

他马上对我说:

"你什么都不需要说,一切都办好了。"

"什么办好了?"

"你父亲入选了,是三个入围的人中的一个,其他两个教师也不会让他没面子,他们都是很重要的人物。"

他告诉了我另外两位教师的名字,他们真的是成就卓越，我很高兴。但说到这儿，他马上问我，像路易莎告诉他的那样，我是不是真的确定：特蕾莎·夸德拉罗会来参加颁奖典礼。在这一点上他很较真：

"爱玛，这很重要，总统非常看重这件事。"

"她会来的，请您相信我。"

"就是因为相信你，我才跟你说这些。我一直都关注着你的工作，我知道你做事兢兢业业。"

"这不是工作，这是给我父亲的荣誉。我肯定，夸德拉罗教授会很乐意出席典礼。"

"传闻她脾气不好，我们甚至听说，别人叫她'母夜叉'，她喜欢说人坏话，特别是所有跟意大利相关的人和事。"

"她肯定有她的理由。"

"你知道怎么找到她吗？"

"我会想办法的，您不用担心。"

"你告诉她，总统想私下见她。"

"我觉得，获奖的人是老师，不是学生。"

"那当然。你的嘴巴可真厉害，很好。你这是从你父亲那里学的，这一点跟你母亲不像。"

"我父亲是无法超越的。"

弗朗基诺看着我放在桌子上的手，仿佛我涂的指甲油的颜色让他很不安。

"你说得对，没人能超越他。我第一次在公众场合听他讲话时，发现他讲的都是一堆平淡无奇的东西，但他讲得特别好，甚至我很难坚持自己的判断。而第二次在公众场合讲话时，我严厉地批评了他，我不喜欢他的书。但之后，他用他的方式跟我讲话，你知道的，是那么真诚，那么让人安心，让我越来越想要待在他身边。"

"每个人都是这种感觉。"

他点头表示赞同，长舒了一口气，他要走了。他有些费力地站了起来，在桌子上留下了一些小费，是我们消费的钱的两倍，我也站了起来。在咖啡馆的门口，他用食指揩了揩嘴角的口水，他亲吻了我的脸颊，再次说：

"爱玛，你要记住，我信任你。"

"您应该信任我父亲：他会给意大利的学校增添光彩。况且，总的来说，您和我父亲的友情也能说明这一点。您以前曾经对他写的文章持否定态度，后来您不得不改变对他的看法。"

"你说得对，事情确实是这样的。你很聪明，我要告辞了。但我想跟你说一句话，这是一句我自己也说不清楚的话，如果有一天你解开了，可以用简单明了的句子表达出来，发邮件给我，我会很高兴：我是改变了我的看法，但我依然认为自己以前是对的。再见，姑娘。"

我在他身后大喊：

"那您为什么想办法让他选上？"

他没回头，再次挥手向我告别，消失在街角。

现在我又很生气。我把我母亲无意间说的那句含糊的话，还有弗朗基诺故意说的前后矛盾的话联系在一起。就好像这几十年里，我母亲和弗朗基诺互相交流，达成了一致的意见：要谈论他们跟我父亲的关系，就不可避免要用不合逻辑的方式，说出这难解的话，像在梦里一样。想到这里，我不禁想笑，我记起了小时候我经常做的一个噩梦，但现在偶尔也会做，只是有些细小的差别：母亲穿着睡衣，准备好了早餐，在厨房摆好了餐具；她说：去叫醒你爸爸。我进了卧室，发现父亲头靠着床头，正在读书，他是一条鳄鱼。

六

我没有拿到特蕾莎·夸德拉罗的电话号码,但我很快就弄到了她的邮箱。我给她写了封邮件,仔细谈了我父亲的事,也就是关于那个荣誉奖章,还有她出席典礼的重要性。我尽可能表现得礼貌,有几次写道:我父亲经常满怀温情地谈到她,对她大加赞赏。实际上,我不记得我父亲什么时候提到过她,他是个不会炫耀自己的人,也不会炫耀他那些真挚的友谊。但每当特蕾莎·夸德拉罗出现在电视上,我母亲就会说:你看那个女人,她是你爸爸的学生,是你爸爸成就了她。

我希望我没写下任何冒犯到她的东西,我点击了发送。我已经做好了心理准备,等她回信,可能需要几天,甚至要一个星期。我已经想好了怎么催促她,需要用更急切、不容置否的语气,如果有需要,我就把总统搬出来。然而仅仅过了十二分钟,特蕾莎·夸德拉罗就回信了,短短几行。她言简意赅地说:亲爱的爱玛,您的名字我听了几十年了。您父亲经常在信中跟我谈到您。对于这个难得的机会,我很高兴您想到了我。我非常乐意出席您父亲的颁奖典礼,请告诉我具体时间。没有其他了,她的回信大概就是这样。

我把夸德拉罗教授的回信转发给了弗朗基诺，接着我给两个弟弟写了邮件，通知他们典礼的事。他们在世界的另一头工作和生活，我知道他们不会来，可假如我不通知他们，不知道又会生出多少是非来，尤其是赛尔乔。从前最爱抱怨的是埃尔内斯托，随着时间流逝，赛尔乔有过之而无不及。他们很快就回了信，他们为爸爸感到高兴，但同时向我表示惋惜：现在生活很复杂，他们脱不开身，你多发点照片和视频给我们。好吧，我会用照片淹没他们，我敢说他们也没有时间看。

是时候把消息告诉父亲了，他还被蒙在鼓里。我亲自去了一趟，开门的是阿梅利亚，家里的保姆。我母亲出去给娜迪娜买礼物了，再过两天，她就满十四岁了，我也应该给她买点什么。阿梅利亚示意我父亲跟往常一样，在书房待着。我走了过去，敲了门，没人答应，我把门打开一半，他不在。我准备回厨房时，往窗外看了一眼，他在小阳台上，胳膊肘撑着栏杆，但姿势不是很舒服。他没有往下看，而是仰望着天，可能是在看鸽子或一只海鸥。我大喊一声：爸爸。他马上转过头来，站直了身体，脸上掠过一丝痛苦，说：

"你回来，我真高兴，上次我看你很累。过来，亲一下。"

我亲了他的脸。

"我有个天大的好消息要告诉你。"

"你说。"

"他们会给你颁个奖。"

"谁给我发奖?"

"共和国总统。他们要嘉奖你为学校教育所写的、所做的一切,得奖的还有另外两个老师。"

"已经过去很多年了。"

"幸亏大家都记得。"

"是啊,幸亏。"

"怎么了,有什么不对劲的吗?你不开心?"

"我很好。只是看到你很激动,让我也有些不安。"

"我激动不是因为担心什么,是因为我开心。还有个事儿,总统希望你一个学生也出席典礼,说几句赞美你的话。"

"找到人了吗?"

"爸爸,你明白的,肯定有很多人愿意,排着队想来,但我找了最好的那个。"

"那是谁呢?"

"我联系到你最有声望的学生,她说她会来。"

这时发生了一件令我不安的事。父亲天蓝的眼睛里有什么在流动,不是惊异,不是担忧,而是一丝迅速游移过来恐惧和愤怒,一下冲击到我心里。

"是谁?"他说。

我从没听他发出这样的声音,那么疲惫、恼怒,就连我青春期时,母亲让他责备我,他也没有这样过。我内心的喜悦马上消失了,眼泪简直要像血流一样夺眶而出。我低声说:

"特蕾莎·夸德拉罗。"

第三章

一

　　我既不喜欢女儿的写作方式,也不喜欢父亲的写作方式。我不喜欢强行用优雅的风格来描写行为和心情,而他们父女俩都那样,这让我感到厌烦。爱玛跟大部分在报社工作的人一样,认为自己有很高的文学素养,她首先要向自己展现这一点,甚至写邮件时也是这样。而彼得罗通常让人很吃惊,虽然他曾经对文学展现出很高的热情,但他从来没有提到过当作家的野心。以前,他的信总是在罗列事情,讲述得很简单,也会自嘲几句。然而现在,在沉寂了几乎三十年之后,他发给我一个超大体量的附件,我看了一眼里面的内容,从开头几行,他就想把自己变成一部文学作品。人到晚年,总有些糊涂,即便他有超强的自制力,也难以避免。假如文本很简短,假如他沿袭这么多年他常用的文体——他以前教我的那种克制的写作方式,那么他写的文本我还可以忍受。但他没做到克制,他快八十岁了,轻易就写下了讲述他生平的小说。当然他极度追求写实,虽然就像他教我的那样,讲述意味着撒谎,越会讲的人越会撒谎。

　　总而言之,也许除了太冗长,其他都可以原谅,小说两百三十页，太长，我读了一百来页就读不下去了，尤其是因为他后来开始讲他曲折、廉洁的从政经历，对我来说太无聊了。还有爱玛，她在邮件里费了半天笔墨，才写到正事。她喜欢一而再、再而三地把自己描绘成一个捍卫公正的勇士，而在这个国家里，公正和善良一文不值。她喜欢把自己描述得有权有势，甚至可以在共和国总统跟前说上话，但她认为：总统跟她父亲都不是一个等级的。但我只是看了一眼她给我写的邮件，就明白她一直没长大，她还是那个害怕大人责备的女孩，这倒令她变得有些可爱了。而彼得罗谈不上可爱，在他写的小说里，有很多让人讨厌的东西。比如说，他有时把我描绘成一个不守纪律、爱吵架的女人，我觉得这不是什么恭维。如果我真是他说的那样，那我现在就不会住在距离华盛顿广场几步远的地方了，可能会一直待在我出生的罗马郊区。他女儿就不会给我写信，竭尽全力来说服我赏脸了。

但不仅仅是这些。我觉得他有时很幼稚，我们以前开玩笑，把所有艺术和科学归结为"嗷""喔啊""呜呜呜"，像猩猩一样乱叫，他说这是他想出来的。其实那是我当时说的，是少数我还记着的话语之一。他讲我们在米兰相遇的事，但讲述的方式让我很不安。我不知道出于什么原因，他把"伦理婚姻"这主意赖在我头上，说是我提出的。这其实是他称呼我们之间关系的说法。然后他不断给我写信，让我知道他人生的每个选择。他说我经常给他回信，这也是假的，我这辈子最多给他寄过十几封信。

　　但责备他没意义，事情已经过去那么长时间了。他写了一篇小说，而我不是那种自己也会写一本小说、与他针锋相对的人。但假如我的脑子变得不好使，到了要写一部小说的地步，我也会写一篇，那也一定没几行字。我生在罗马，在拉鲁斯提卡小镇的一条漂亮小巷里，现在我生活在曼哈顿。我的人生过得充实、幸运，我在四个大洲生活过。我一直坚持努力工作，享受到了一步步取得成功的乐趣。我也遇到过一些顶级聪明的人，我跟他们用顶级聪明的方式聊天，建立起了非常聪明的关系。但彼得罗·维拉，他是以前我在郊区一所高中上学时的老师，他是唯一我爱过，而且会一直爱下去的男人。

二

除去很多废话,爱玛的邮件的核心是:意大利共和国打算授予彼得罗·维拉一枚奖章,但我必须去罗马,赞扬他的教师工作。我快七十岁了,我能够在这个艰难的城市活下去,不过是因为我经济优裕,声名远扬,这让我结识了一些重要人士,建立了友好的关系。每天早上,我会穿过拱门,走过华盛顿广场,在离菲奥雷罗·拉瓜迪亚纪念碑不远的一家甜品店喝杯卡布奇诺。那里有个年轻的阿尔巴尼亚女孩,她卡布奇诺做得很好。每个星期,我会去两次第六大道的奇塔雷拉美食市场,购买鲜鱼、哈拉面包和橙汁。在冬天,我喜欢光秃秃的树木、没水的喷泉,在路灯亮起来时,这会成为那些大胆艺人进行杂技表演的舞台背景。春天,我看着树枝变绿,早春的鲜花盛开,有时我会坐在阳光下的长椅上浏览《纽约时报》,周围全是像我一样骨头脆弱、怕冷的老年人。不久之前,我还愿意去公园里散步。公园里挤满了游客,穿着黑色的学士服、戴着紫色学士帽的男女学生,还有辨不清方向的家长,他们都为了孩子的毕业典礼赶到这里,不知道他们是从美国哪里来的。后来,我的股骨摔断了,我不得不经历一个持续时间很长、极其昂贵的康复过程,从那以后我很少散步了,通常是在星期天下午走一会儿。我在加里波第纪念碑下面听人吹萨克斯。我经常跟那些玩滑板的孩子吵架,怕他们会撞倒我。我在那个年轻的钢琴师周围转悠,他邀请游客躺在钢琴下面,钢琴的侧面写着:这机器会杀死法西斯,不幸的是,即便是在伍迪·格思里的年代,那也不是真的。只有当我真正感到孤独时,我才和某个朋友去剧院,或在精挑细选的餐馆里吃饭,那里的顾客不会大声喧哗,那些年老的绅士会像守护圣迹般地照顾着我。

这些都是让我安度晚年的仪式。大家也看到了,意大利并不在其中,没有罗马,没有我出生的镇子和田野。那些地方,在我半睡半醒时会回到我脑海里,非常熟悉,又飘忽不定。清晨,在我没完全醒来之前,我还可以在这些地方移动,感到亲切,但我无法把它们归置到一个真正的地理空间。唯一一个永远明确的地方是高一时的教室,楼梯口右手边第一间。有一天早上,彼得罗走进教室,把一个装满书的布袋放在讲台上。我觉得他当时二十六岁,或者更年轻一些。从那时起,我千方百计想让他注意到我,而他则想方设法无视我。那三年里,我觉得每天下午、夜晚、星期天、宗教节日、暑假都是死亡的另一种形式。只有在学校上课,他准时出现在教室里,我才觉得我是活着的,周围的世界才会重新激活。他坐下,站起来,靠着墙,走近窗边,手指掠过粉笔、黑板、桌子,他的声音让每个事物、每个人、每个地点、每个动词、副词和形容词都充满了力量。他从来不会触碰我们，连一个亲密的动作，开玩笑握手和挽肩也没有。但他会用隐秘的言语触碰到我们，我尤其感觉自己被他肆无忌惮、摸遍了全身每个地方，以致我走出学校时疲惫不堪。

有一次，他教的高年级班上有个男生很气愤，我听见那个男生在走廊里咒骂他。后来回家的路上，我故意跟那个男生走在一起。他无法平静，他没法说清楚到底是什么让他那么生气，这让他更恼火。他只是反复说：太欺负人了，这简直就是欺压。他的意思是说，彼得罗的课信息太密集，要学的东西总是太多；还说我们的老师散发出一种感染力，一种气场，简直让人无法忍受。这两个原因很可能都是真的，跟他要学很多东西，太多了，而且当他打招呼告别大家，离开教室之后，我们也感觉他会死死盯着我们。总而言之，他欺压我们是真的，我和其他人一样都有这种感觉，也包括那个男生，我们都努力逃避他，但同时也渴望被他欺压。

从到学校的第一天，我就开始跟他作对。我竭尽全力地跟他作对，我希望他也竭尽全力对付我。我打断他的课堂，提出问题，讽刺他的回答。没用的，彼得罗连眼睛都不眨一下。他觉得，每次挑衅都是使自己变得完美的机会。事情就是这样，他陷入困境时，反倒会做得更好。我看他的身体、脑子尽力找到对付我的办法，真的很精彩、令人目眩。在那个年代，我从来没见过其他老师像他那样工作，带来混乱，富有破坏精神，也富有激情。我很警惕，但如果不是这样，一位好老师应该怎么做呢？虽然我不怀念意大利，但我一直很怀念在罗马郊区、彼得罗当我语文老师的那三年时光。所以基于这种感情，我很快就回复了爱玛："好吧，虽然旅程很乏味，让人疲惫，为了你父亲，我会来一趟。"但刚发完邮件，我就回想起了另一个地方：从广场去学校的那条长长的街道，每天早上，我都会走过那里，四处是低矮的房屋、搭着棚子的田地、灰色的厂房，还有杂草间的废弃物。

我在那条街上看见了自己。十一月，正在下雨，天气很冷。一辆车放慢了速度，车窗降了下来，我认出了那位新老师，我一看见他就开始发抖。他只说了一句：上车吧。我看着他，我很害怕。我几乎带着愤怒回答：不。他眨了眨黑色长睫毛下的眼睛，似乎被我脸上露出的恐惧吓到了。他开车离开了，没有说其他的，我盯着远去的小汽车。那一瞬间，在我的内心和身体有什么东西破碎了。

三

爱玛又给我写了一封很长的邮件。她说那个颁奖仪式已经开始筹备了，我的任何愿望都会得到满足，她说得很仔细。然而后面的文字就没那么通畅了，是一些深思熟虑写出来的长句。她说，她父亲很高兴我接受了邀请，还告诉她，我在当学生时是多么优秀，却没说他曾经和我有过一段往事。恰好昨天，她母亲对她说了我们的过去，但只是轻描淡写。她在邮件里用一种戏谑的语气，向我描述了当时的情景。娜迪娅告诉她：对，特蕾莎不仅是他最优秀的学生，他们还有另一层关系，看来她不仅仅在课堂上表现好。说到这里，爱玛开始讲述她跟几个男人的关系，都是很复杂的关系。她讲得绘声绘色，她想用她的不幸爱情衬托我和她父亲的故事。她写道，我不是很幸运，我和丈夫及情人分手后，都没成为朋友，我总是放不下怨恨。然而，她希望我对彼得罗保留着美好的回忆，接着她写了二十多行赞美她父亲的话，说他作为老师、知识分子和男人，都是人们学习的榜样，就好像要替我写发言稿。结尾时，她真诚地告诉我，她迫不及待地想认识我。

这封邮件让我很心烦。我最开始以为，彼得罗的小说和他女儿的邀请,是他一手策划的,想为我们之间的瓜葛画上一个圆满的句号。现在我明白了,这全是爱玛一个人操办的,她事先没跟父母商量。只要看看邮件就能明白:娜迪娅对我的再次出现并不高兴,彼得罗还在担心我可能做出的举动。我去罗马干吗啊?

我出来散散步,想让自己冷静冷静。虽然这个五月的天气对老年人不友好,一会儿冷,一会儿热。但今晚天气很温暖,太阳还未全落下去,路灯就已经亮起来了。我停下脚步,和待在象棋桌旁边的毒贩聊了几句,我漫步在街道上,闻着鲜花和大麻的香味。我到了喷泉那里,有乐队在演奏,喷泉射出高高的白色水柱,几个小男孩兴致勃勃地在那里玩儿,任凭喷泉淋湿身体,几个姑娘在喷泉前摆出诱人的姿势拍照。大学校门旁有张发热的金属板,有个男人在上面吃饭、喝水、睡觉、画波洛克风格的油画,我走近他看了看,但心情并没好转。

已经过去快五十年了,我现在准备去罗马见彼得罗。就像高中毕业后,我去学校外面等他,打算一字一句告诉他:我爱了你三年,现在想被爱回来。我的确是这样对他说的,用的"你",尽管一分钟前,我还用"您"称呼他。不仅如此,我还在那一瞬间吻了他的嘴唇,那对他来说就像一次撞击,他抬起左手,想要保护自己。

我们当时在离学校很近的一家咖啡馆,喝的什么,我现在已经不记得了,我们聊了我的学习。彼得罗付过钱,我们出了咖啡馆，我对他说了那些话，给了他那个吻。我不知道五十年前我心里是怎么想的。从他的一举一动来看，他有远大的前途。这个年轻男人当时很博学，他知道很多东西，他很吸引我们，他说的每句话都充满了力量。他一直很友好，但他在我们与他之间设置了一道无法跨越的鸿沟，每个人都想填满这道鸿沟。现在我消除了那段距离，我要的不是他在教室里给我的那些东西，而是现在除了我，谁也无法得到的东西。在我向他示爱之前，在我吻他之前的一瞬间，也许他已经明白了。我想要得更多，更多，但不是性，而是一个无所不知的典范，我觉得，每天出现在课堂上的那个人就代表了这种典范。但是，要么那种典范不存在，要么他从一开始就对我隐瞒了这一点。他去迷惑其他女孩，仿佛我无法满足他。

在我的生命中，我再也没有遇到过这样的男人，那么服服帖帖，遵从女人的狂热和渴望。在那个年代，要向世界证明自己是自由的，就要在性方面很开放。我们在一起时，他背叛过我，我也背叛了他，就在他眼皮底下背叛了他。我们相互侮辱，也相互鼓舞。但我们在一起的三年里，我们有很多快乐，也有更多痛苦，我得到的快乐没有我期待的那么多，那些痛苦常被忽视，被贴上小资产阶级行径的标签。不知有多少次我们不欢而散，又如饥似渴地复合。直到我提出那个建议：把我们做过的最坏的事告诉对方，那些比我们已经知道的更恶劣的事。当然，我提出那个建议时，已经知道我会离开，我已经受不了了。人小时候会做很多蠢事，青春期也不应该留下任何痕迹，不应该保留任何记忆。但彼得罗想留下痕迹，他给我写了太多东西。在那部小说里，他想要隐瞒自己：从某一个阶段开始，尤其是电子邮箱兴起后，他开始把写作当成精神病人穿的"约束衣"。我从来没有见过一个像他那样充满活力的男人，他被自己饱满、充实的生命力吓到了。那种生命力扩张、泛滥，他利用我做他的挡箭牌。他认为，我们俩虽然远隔万里，但可以一起找到合适的限度。但这不是一个坚定的信念，他从来没有过坚定的信念。有一次，他在信里谈到他的工作，他有些伤感地说：无论你怎么学习，就算你获得博士学位，可是成为邪恶的海德很容易，成为向善的杰基尔[①] 很难。

[①] 英国作家斯蒂文森的一部作品中一个人物的两种人格。

四

我终于到了罗马。如果在纽约是冷热交替,那么这里只有寒冷。这个城市还是像之前那样肮脏,我在这座城市没有安全感,我每走一步都担心会绊跤,会被人推倒,撞到树上,或者被推出人行道,最后骨头断掉,躺在某家医院。几分钟前我摆脱了爱玛,她真是不幸,她像她母亲,却一点不像她父亲。除了她父亲对她的教育,她身上没有一点彼得罗的痕迹。我们说话时,我想:从某种意义上来说,我们俩都是他的学生;如果仔细观察,不知道我们会有多少共同的知识点,还有一样的表达方式。

无论如何,我们有一个明显的区别:爱玛总是过于夸张。让她难以放心的是我明天要讲的话。我一直没跟她坦白:我不知道明天我会说什么。她借口说,她想把我的演讲稿刊登在她为之工作的报纸上,问我能不能给她一份。我回答她说,我不仅没有发言稿,连大纲都没有,我会即兴发言。

她很不高兴,我觉得,她费了很大力气才克制住自己,不然按照她的脾气,早跟我吵一架了。她很不赞同我的做法,这让她差不多要对我说出实话。她说:我父亲很激动,如果能知道您要说什么，可以让他平静下来。她父亲，她父亲，张口闭口都是她父亲。难道所有人都毫无节制地爱着那个男人吗？甚至包括通常对父母总是怀有一丝恨意，甚至可以说厌恶的子女？我对她说：过去了那么多年，你父亲应该信任我。这正是她想听到的，她的表情一下就开朗了，我觉得她快感动得哭了。她大声说：我打他手机，您可以跟他说说吗？我说：不了，我们明天会聊的。

我躺在床上，又想起多年前我们相互坦白的那些事。明天活动结束时，我会对他说：试验成功了，生命结束了，我们现在安全了。我还会和他开玩笑：让我们变得完美的不是情感教育，而是恐惧教育。

最后这句话一直萦绕在我脑子里。我们害怕年轻时的不良行为会跟随我们，成为我们挥之不去的阴影，永远控制我们。然而现在，我已经差不多想不起来我对他坦白过什么；让我惊异的是，他向我坦白了什么，我也没什么印象了。那肯定是一些很可怕的事，但还没有恐怖到让人无法忘却的地步，后来我还见过、听过很多更可怕的事。可能明天典礼结束之后，我们会找个地方见面，聊聊我们当时觉得自己有多坏，这可能会让大家一笑了之。

我一时很喜欢这个想法，接着，我脑子里浮现出彼得罗的样子，那是他很少出现的样子，都是我一闪而过的记忆，这些年来，我一直都在抗拒这些回忆。那不是吵架、有时也会升级成暴力的场面。那是一些看起来很美好的瞬间，他半张着嘴，凝神沉思，眼睛注视着某种无形的东西，手指捋过头发。我察觉到，一种令人憎恶的东西正在侵袭着他，那就像一阵无法忍受的痉挛穿过神经系统。我马上收回目光，我吓坏了，他没有，他继续看着眼前，好像眼前有什么东西。有时候我会问他：彼得罗，你怎么了？他会用一种殷切、自嘲的语气向我解释。他说：这是家庭出身带来的痛苦，我们家六个孩子，我是老大。我们家境不好，我父亲是个电工，我母亲是家庭主妇；这是无力感带来的痛苦，从小学到大学，我一直觉得自己很无力；这也是不称职带来的痛苦，工作时只是照本宣科，没有任何深度；我是知识分子中的一员，却严重拉低知识分子的水准；我拥有完美和谐的身体，这也让我痛苦——美貌会带来好处，这是最不公平的好处；我学会把暴力隐藏在语言里，但这一样让我痛苦。

他每次都为自己的痛苦编造出一套社会学或伦理学的理由。但有时，他好像落入了陷阱，无法从那些恐怖的时刻中抽身出来，连我说话也听不见。他继续沉浸在自己的世界里，用释放出来的痛苦折磨自己，就算我叫他，也无法让他摆脱痛苦的纠缠。

我很爱他，我原想拯救他，但一切已经无法挽回了。那一刻他的面孔变形，额头看起来很凶恶，上嘴唇因为痉挛而皱起来，我吓坏了，我必须逃走。不，我真的不知道明天我会说什么。彼得罗以前是个很危险的男人，现在也应该一样。

五

事情并没有那么一帆风顺。爱玛到得很准时,娜迪娅也很准时。我以前从来没有正面见过娜迪娅,只有一次远远看到过,那时候我还在吃醋。我当时觉得她很漂亮,我还为此痛苦了好久。现在我有些得意,我发现她身体笨重,并没有优美地老去,虽然她肯定不像我这样多病。她很不高兴,也很拘束,我假装没有看到。这很正常,我是晚会的主角,总统把我当成一座纪念碑,人们必须要向我致意。我影响了无数人的生活,尤其是她丈夫的生活;她只是一名退休的高中老师,一直活在挫败和沮丧之中,更重要的是,她从来都没能掌控自己爱的男人。

"彼得罗把我支走了,"她说,"他想安静地准备一下致谢词。"

"真是老了,"我回答说,"我从没见过彼得罗在语言表达上遇到过困难。"

我表现出对彼得罗的熟悉,让这母女俩很不适,尤其是女儿,我自己也觉得有些不合时宜。最后,我们都露出隐藏在我们内心糟糕的一面。

过了一个小时,彼得罗还没现身。两个女人开始轮番给他打电话,但他一直没接。娜迪娅说:希望他不会是最后一刻决定不来了,他讨厌这届政府,他在电视上看到那些政客,会说:我可能是这帮乌合之众的老师。我忍不住笑了,我说:如果他接了,让我跟他说两句。娜迪娅眼中闪过一丝愤怒,她自言自语似的小声说:我现在回家,拽也要把他拽过来。于是她径直走向出口,跟在她身后的两个人问:老师到了吗?爱玛起身去追她母亲之前,脸色惨白地对我说:您和我爸爸应该事先把你们的问题解决了。我又想笑——有时就算没什么可笑的,我也会在说话时笑个不停,这是一种不耐烦的笑——我回答她说:早在你出生之前,我们把所有要说清的都已经说清了。

现在我在这里,坐在大厅第一排,旁边是眉头紧皱的总统。彼得罗明显不会来了,我再也不会见到他。真是遗憾,我终于知道自己要说什么了,在这个颜色看起来病恹恹的礼堂,在我曾经的老师面前,我很乐意发表讲话。我想说,以前和现在,我一直比他更危险。

Domenico Starnone
Confidenza
Copyright © 2019 Giulio Einaudi Editore S. p. A., Torino
Simplified Chinese edition copyright © 2024 Archipel Press
All rights reserved.

图字:09-2023-418号

本书的翻译得到了意大利外交与国际合作部的特别经费支持
Questo libro è stato tradotto grazie ad un contributo del Ministero degli Affari Esteri e della Cooperazione Internazionale Italiano.

图书在版编目(CIP)数据

坦白/(意)多梅尼科·斯塔尔诺内著;陈英,邓阳译.—上海:上海译文出版社,2024.1
书名原文:Confidenza
ISBN 978-7-5327-9333-4

Ⅰ.①坦… Ⅱ.①多…②陈…③邓… Ⅲ.①中篇小说-意大利-现代 Ⅳ.①I546.45

中国国家版本馆 CIP 数据核字(2023)第 240997 号

坦白

[意大利]多梅尼科·斯塔尔诺内 著 陈英 邓阳 译
特约策划/彭伦 郭歌 责任编辑/徐珏 封面设计/Lika

上海译文出版社有限公司出版、发行
网址:www.yiwen.com.cn
201101 上海市闵行区号景路 159 弄 B 座
苏州市越洋印刷有限公司印刷

开本 850×1168 印张 6 插页 2 字数 77,000
2024 年 1 月第 1 版 2024 年 1 月第 1 次印刷
印数:0,001—8,000 册

ISBN 978-7-5327-9333-4/I·5823
定价:58.00 元

本书中文简体字专有出版权归本社独家所有,非经本社同意不得转载、摘编或复制
如有质量问题,请与承印厂质量科联系。T:0512-68180628